残酷依存症

櫛 木 理 宇

幻冬舎文庫

残酷依存症

CRUEL
ADDICTION

RIU KUSHIKI

目次

第一章

1

令和×年六月八日。

午後十一時二十二分。

乾涉太(いぬいしょうた)は自転車で、海沿いの夜道をひた走っていた。

自転車の前かごにはコンビニで買ったばかりの缶ビールや、度数の高い缶チューハイ、スナック菓子、酒の肴、惣菜パン、カップラーメンなどが大量に入っている。

すでに渉太はへべれけに酔っていた。ともすればバランスを失い、自転車がぐらりと大きく揺れる。

「ああ、やっべ……」

苦笑して、渉太は体勢を立てなおした。

こんなところで転んだらえらいことだ。なにしろ周囲にはなにもない。誰もいない。磯くさい風が吹きつけ、規則正しい波の音が聞こえてくるだけである。自転車ごと砂浜まで転げ落ちてしまったら、助けなどおよそ期待できない。

「早く帰んねえと、また航ちゃんがキレっからな……」

ぶつぶつ言い、ふたたびペダルに足をのせる。

瀬尾航平とは、中学時代からの長い付き合いであった。彼とは永仁学園中等部一年の春、はじめて同じクラスになった。部活も同じ野球部だった。

今日も今日とて一緒に飲んでいる阿久津匠も同様だ。三人は揃って高等部に進み、難なく永仁学園大学にエスカレータ入学し、いまや経済学部の三年生である。

押しが強くてリーダー格の航平。

甘いルックスの匠。

お調子者で、フットワークの軽い渉太。

イベントサークル『ＦＥＳＴＡ』の中でも、彼らはいいトリオと評判であった。

「そうそう、おれらは、いい仲間だよ……」

即興で節を付け、渉太は歌うように言った。

いい仲間だ。仲良しトリオだ。だからこそ今日だって、三人きりであの海辺の借家で宅飲みしている。

二年前から『FESTA』名義で借りている、木造平屋建ての借家であった。

部屋数は全部で四つ。うち二間が八畳で、残りの二間が十二畳。庭にはプレハブの物置小屋があって、時季はずれの遊び道具をしまっておける。

簡易キッチンがあり、やや広めの浴室がある。トイレはちゃんと二つあって、男女用それぞれに分かれている。

おもに夏場にバーベキューや海水浴を楽しんでから、みんなで雑魚寝するために使っている借家だった。

掃除や整頓、冬場の見まわりなどは管理会社に任せきりだ。しかし費用の心配はなかった。永仁学園大学、通称永学の学生はみな裕福で、サークル会費ごときを出し惜しんだりはしない。

それになんといっても、現世代には匠というスポンサーが付いている。

渉太が知る限りでもっとも甘い顔立ちで、もっとも裕福な親を持つ男——。それが阿久津匠であった。

「さっきだって『コンビニに追加の買い出しに行く』っておれが言ったら、『これで買いなよ』なんて、あっさりカード渡してきやがったもんな。おかげで二万以上買っちまったぜ、へへ」

まあ匠にとっちゃ、二万円なんて屁みたいなもんか――。

口の中でつぶやく。

それに大量に買っておくのが正解のはずだ。またすぐに酒が尽きようものなら、航平はきっと臍を曲げる。

そもそも行きの道中、コストコでたっぷり買いこんだつもりだったのだ。だが目算が狂った。思った以上に、三人ともピッチが速かった。

「まあ男だけの飲み会なんて、ひさびさだもんな。へへっ」

渉太は顔をほころばせた。

そう、今日はさかりのシーズンに向けて、海辺の下見を兼ねた飲み会であった。

「見てろ。もし借家の掃除がなってなかったら、おれが管理会社の担当に速攻ブチギレてやる」

と航平は笑い、

「大丈夫だって。ちゃんと金払ってんだしさ」

と匠がなだめ、

「じゃあおれが先に行って荒らしとこっかな。航ちゃんがキレるとこ見たいし」

と渉太がまぜっかえした。

まったくもっていつもの会話であった。三人の会話はいつだって、こんな具合に進む。そして周囲も、そのテンポにつられて笑う。

一年坊主のときは先輩たちに「おまえらいつも一緒だな。そういう関係？」「ホモなんじゃねえの」とからかわれた。だがそのたび、航平が彼らを黙らせてきた。

航平はその手の冗談が嫌いだ。軽口だとわかっていても容赦しない。おかげで三年になったいま、彼らをそれ系のネタでいじる者は皆無である。

——瑛介と紗綾がいなくなって、おれたちは逆に安定したみたいだ。

里見瑛介。木戸紗綾。懐かしい名だ。

中等部のとき、彼らとは二年間同じクラスだった。高等部ではコースこそ別だったものの、三年間同じ学び舎に通った。

しかし大学進学を機に、彼らは三人と完全に袂を分かった。

とくに紗綾はさっぱりしたものである。彼女と航平は、中二の秋から高三の春まで付き合っていた。だがいまや連絡すら取っていないらしい。航平いわく「紗綾のＬＩＮＥのＩＤさえ知らない」そうだ。

「あんなにラブラブだったのにな。……女ってのは冷たいねえ」

ひとりごちて、渉太はペダルを漕ぐ速度を上げた。

やがて、前方に平屋建ての借家が見えてきた。灯りが点いている。航平と匠が待つ部屋の灯りだ。

小屋の前には、アスカリブルーメタリックのアウディが駐まっている。匠の車だった。この春に買ったばかりの、ぴかぴかの新車である。

渉太は自転車を停めた。アウディの横に駐輪しようか迷い、思いなおして迂回した。小屋の壁に自転車を立てかける。

——今夜は風が強いからな。

アウディに自転車が倒れこんで、車体に傷でも付けたらまずい。匠は傷のひとつや二つ気にもしないだろうが、渉太のほうが気にする。

——匠のやつに、借りなんか作りたくない。

そう口の中でつぶやき、渉太がきびすを返したとき。

背後に人の気配を感じた。

次の瞬間、渉太の首すじに衝撃が走った。

体がこわばる。その場に棒立ちになる。

動けなかった。全身の筋肉が言うことを聞かない。

電気ショックだ、と渉太は悟った。スタンガンだろうか。それとも牛追い棒か。電撃の痛みと、一時的な神経の麻痺。間違いなかった。

斜め後ろで、黒い影が腕を振りかぶるのが視界をかすめた。その腕には木刀か、鉄パイプ状のものが握られていた。

――ヤバい。

ゼロコンマ数秒の間に、脳裏を言葉が駆けめぐる。

殴られる。ヤバい。なんでおれが。航ちゃん。いったい誰が。匠。警察。一一〇番。ヤバい。逃げなきゃ。でも、動けな……。

影が渉太の後頭部めがけて、まっすぐ腕を振りおろす。

痛みを感じる間もなかった。

渉太はその場に昏倒した。

2

六月十三日、午前八時三十二分。

殺人・死体遺棄事件の捜査本部が青梅署一階の会議室に設置された。

通信指令室がその一一〇番通報を受理したのは、十二日の午後九時二十四分だ。

第一発見者は、林道に車で入ったカップルであった。ホテル代を節約しようと人気（ひとけ）のない林道で車を停めたところ、ヘッドライトが無造作に敷かれたブルーシートを照らしだしたのだ。

シートから突き出ている白い足に、彼らはすぐ気づいたという。

「最初はマネキンかなにかだろう、と思ったんです。でも彼女が『気になる』と言うんで降りてみて……。シートをめくったら……」

二十代の会社員だという男性は、そう顔を引き攣（つ）らせて証言した。そして女性のスマートフォンから警察へ通報。通信指令を受けた巡回中のパトカーが現場到着（ゲンチャク）し、死体を確認して現在にいたる。

捜査を仕切るべく本庁（ホンテン）から出張ったのは、捜査一課強行犯係の合田（ごうだ）班であった。

急ごしらえながらも、青梅署の一階会議室は捜査本部としてそれなりの体裁を整えてあった。前面には大きなホワイトボードが置かれている。向きあうかたちで、折りたたみ式の長机が何列にも並べられている。

ホワイトボード脇の雛壇（ひなだん）にあたる席には、すでに名前と階級入りの短冊が貼（は）ってあった。

――四十人規模ってとこか。まあまあだな。

長机に着き、配られたA４用紙の資料に目を落として、合田班の高比良（たかひら）乙也（いつや）巡査部長はひとりごちた。

青梅署からは刑事課はもちろん、警務課、交通課、地域課など三十人以上が動員されている。

——この長机や椅子、マイクやパソコン等を設置してくれたのは、生安課の庶務班だろうな。

解決までどれほどかかるかは不明だ。しかし雑用や会計を引き受けてくれる庶務班に、しばらく世話になることは疑いない。捜査用車両や旅費経費などを捻出し、一式の手配をかける青梅署副署長にもだ。

着席して、高比良が資料をめくること数分。

騒がしかった周囲が、急にぴたりと静まった。高比良は目線を上げた。

予想どおり、雛壇に着く幹部たちのご到着である。本庁刑事部長、青梅署捜査課長、青梅署長、副署長。続々と現れ、短冊の指定どおりの席に着いていく。

「気を付け！」

号令がかかった。全員が立ちあがる。

「敬礼！」

腰を折る室内型敬礼をした。「休め！」の号令で着席する。

最初にマイクを握ったのは、合田警部であった。

高比良たちの直属の係長であり、今回の捜査を実質的に仕切る捜査主任官だ。

「えーみなさん、おはようございます。『青梅九ヶ谷(くがたに)林道女子大生殺害・死体遺棄事件』の捜査主任官をこのたび命じられました、警視庁捜査第一課は合田であります。さて、今回の捜査本部設置に当たりまして、まずは捜査本部長である警視庁刑事部長より、御訓示をたまわりたく……」

型どおりの挨拶(あいさつ)である。マイクが刑事部長に渡った。

高比良は、目をふたたび資料に落とした。

被害者の身元はすでに割れていた。

――木戸紗綾、満二十歳。

都内の四年制大学に通っており、今年三年生だったという。コピーを重ねた粗い画像ながら、資料には生前の被害者の顔写真が載っていた。

美人である。ゆるくウェーブがかかった、肩下十センチの髪。目を強調しつつも色みのひかえめなメイク。女優やアイドルというより、民放の女子アナウンサーにいそうなタイプだった。

雛壇では刑事部長の挨拶が終わったところだ。

次いで青梅署長、副署長とマイクがまわされていく。最後にマイクは、副主任官兼司会をつとめる捜査課長の手に渡った。

「えー、ではお手もとの資料をご覧ください」

ようやく事件概要の説明だ。あちこちから、紙をめくる音がした。

「被害者の身元は所持品から割れました。正確には同林道に落ちていたバッグと、散乱していたその内容物からです。バッグはルイ・ヴィトンの黒革。財布はグッチ。財布には順徳大学の学生証、健康保険証、銀行のキャッシュカード二枚、R社とJ社のクレジットカードが各一枚、一万円札が二枚、千円札が四枚入っていました。またプラチナのピアスと、ダイヤのネックレスは装着されたままでした」

――では、物盗りではあり得ない。

高比良は腕組みした。

たとえ強姦目当てで襲ったとしても、犯人の多くは「もののついで」とばかりに所持金や貴金属を奪っていくものだ。とくにこの被害者は、いい身なりをしていたのだから尚さらである。万札までそのままというケースは非常にまれであった。

「えー、財布以外の所持品としては、本人名義のスマートフォン、化粧ポーチなどが見つかっています」

捜査課長は言った。

「また発見された時点で、被害者は上半身にブラジャーと濃緑色の七分袖ニットを着けていました。下半身には着衣なし。下着ならびにスカートやストッキングなどは、周囲に見当たりませんでした。では資料の二枚目をご覧ください」

全員が資料をめくった。

「正確な死因は正式な死体検案書を待たねばなりません。しかし鑑識課員によれば『おそらく死因は心不全』とのことです」

「心不全？」

声を上げたのは青梅署長だった。

「はい」捜査課長がうなずく。

「現時点で推定できる死因の筆頭はそれです。次いで可能性が高い死因は、頭蓋骨の骨折具合から見て脳挫傷および硬膜下出血。しかし外傷性ショックによる心不全のほうが、確率的に高いだろうとのことでした。つまり被害者は、長時間にわたる激しい殴打によって撲殺されたのです」

室内に、いわく言いがたい沈黙が落ちた。

捜査課長はつづけた。

「死亡推定時刻は、直腸内温度からして十二日の午前五時から九時の間。腹部と腿、顔面などに大きな内出血。確認できるだけで頭蓋骨、顎骨、鼻骨、頬骨、眼底骨が砕け、肋骨、尺骨、骨盤、腓骨などが折れていました。また右眼球が破裂。左耳殻が断裂。前歯のほとんどが砕け、破片のいくつかは歯茎や上顎に突き刺さっていました。また殴打により内臓のいくつかが破裂したらしく、腹部は一・三倍ほどに膨れあがっていました。顔面も同じく腫れ、人相の判別は困難でしたが、ほくろの位置と盲腸手術の痕により、母親が本人と確認いたしました」

「それで、心不全か」

署長が呻くように言う。

捜査課長は答えた。

「そうです。――おそらく被害者の心臓は、殴打に耐えられなかったのです」

冷静だった彼の声音に、わずかに苦渋が滲んだ。

咳払いし、捜査課長は言葉を継いだ。

「なお性的暴行の痕跡は、いまのところ確認できていません。膣、肛門ともに擦過傷および裂傷なし。精液の検出なし。ほか唾液、血液なども検出されていません」

室内に低いざわめきが起こった。

——これほどの暴行を加えながら、強姦していないのか。

という驚きの声であった。

若い女、しかも美しい女が殺された場合は、七割強が性犯罪と言っていい。強姦目当て。ストーカー。痴漢や下着泥棒を見とがめられて抵抗され、逆上した等々だ。そして残りの三割が、感情のもつれによる怨恨(えんこん)である。

——手口の凶悪さからして、怨恨なのは疑いなさそうだが……。

なかば無意識に、高比良は己の首をさすっていた。大なり小なりうろたえたときの癖だ。

いま一度、生前の木戸紗綾の写真に目を落とす。

——こんな子が、わずか二十歳で他人から激しい恨みを買うとはな。

いや、と思いなおし、彼は内心でかぶりを振った。

いや違う。被害者側の問題ではない。

社会的精神病質者(ソシオパス)は、あらゆる身勝手な理屈を付けて相手を非難する。彼らは自己愛のかたまりだ。自分のちっぽけなプライドを守るためだけに、全精力を傾けてターゲットを追いこむ。

一般人が彼らに対抗できるすべは、ほぼない。逃げるほかない。悲しいかな、ソシオパスには〝目を付けられた時点で負け〟なのだ。

——なあ。きみはどこで、そんな相手と知り合った？

高比良は木戸紗綾の写真に語りかけた。

——いったいどこで、そんな不運とぶつかったんだ？

彼の脳裏に浮かんできたのは、かつて出会った被害者たちの顔であった。小湊美玖。平瀬洸太郎。奥寺あおい。

そして、浦杉善弥。

同時に、荒川署の刑事部長であった浦杉克嗣の顔が眼裏に浮かんだ。

いまは警察官ではなくなった男の顔だ。

そう、あの事件からほどなくして、浦杉は警察を辞めた。別居中だった家族のもとへ戻った、とも耳にした。公私ともに、彼は平安を手に入れたはずだ。

しかし高比良はなぜか、それを手ばなしには喜べなかった。

さいわい浦杉の娘である架乃は、あの事件において無傷で救出された。被害者を救えなかったことや、真犯人を逃がしてしまったことは確かに無念だ。しかし架乃を救えただけでも、奇跡と言っていい事件であった。

——浦杉さんはあの事件を通じて、妻子の信頼を取りもどしたらしい。

それだけでも僥倖と思うべきだ。

頭ではそう思うのに、感情がうまく付いていかなかった。

心の底が濁って淀むような、犯人の名と存在を知った者すべてがどす黒く汚染されたような、そんな事件だった。

――いけない。集中しないと。

高比良は眉間をきつくつまんだ。

いまは『青梅九ヶ谷林道女子大生殺害・死体遺棄事件』に集中しなくてはいけない。

あの女は去った。

あれから丸一年が経ったが、音沙汰は絶えている。おそらく国外に逃亡済みだろうと、おおかたの捜査員は睨んでいた。

捜査課長の声がつづく。

「……えー、現時点で被害者の木戸紗綾が、最後に目撃されたのは十日の午後四時、大学構内においてです。『現代社会保障論』の受講を終え、大学構内の女子トイレで化粧直しを済ませたのち、同駐車場に向かって歩く姿を最後に、行方を絶っています」

壇上で彼は顔を上げた。

「スマートフォンの履歴や、遺体発見現場で採取された微物については、現在解析および分析中。中毒物においても同様です。なにか質問はありますか？」

答えはなかった。

捜査課長は資料を閉じ、机を軽く叩いた。

「ではこれより、捜査班の編成を発表いたします。地取り、敷鑑（しきかん）、遺留品の三班に分けますので、捜査員は発表を受けて各自――……」

3

乾渉太は、夢うつつの中にいた。

頼りなく意識が浮遊（ふゆう）している。ゼリー状だ。震えて、揺れている。意識だけではなく、自分そのものが、だった。ミルクのように濃い霧の中を、かたちのないなにかになって漂っていた。

――なにか？

なにか？　なにかってなんだ。頭の片隅に、そんな自問自答が浮かぶ。だがひどく遠い。

自分の思考のはずなのに、意識と切り離されたかのようだ。

しかしそれも一瞬だった。

彼はかたちのないなにかから、乾渉太に戻りつつあった。

自分の輪郭を感じた。次に彼は、円だ、と思った。自分は円だ。もしくは丸。

いや違う。まるまっているのだ。自分はいま胎児のごとく体をまるめ、繭に似たものに包まれている。その繭の中で、とくとくと脈打っている。

——脈。おれの脈。心臓。

その規則正しい〝とくとく〟は、しかし胸から起こっているのではなかった。もっとはるか下の位置からだ、と感じた。

脈。脈打つような。

（痛み）

ああそうだ、これは痛みだ。彼は思い当たった。

だが遠い。まだ遠いところにある。体のどこかに痛みがあるのに、手を伸ばしても摑めない。感覚が遠い。

なぜか、痛いはずだという意識だけがある。だがおそらく、これからもっと。

もっと。

——もっと。

次の刹那、渉太は目覚めた。

重いまぶたを持ちあげ、二、三度瞬いたのち、彼はゆっくりと己を見下ろした。

裸だ。

渉太は服を着ていなかった。グレイのボクサーパンツ一枚である。疑いなく、彼自身の下着であった。

――ええと、これを穿いたとき、おれは……。

目をきつくつぶった。

考える。記憶を掘り起こす。いまだはっきりしない頭を、舌打ちで叱咤した。

――最後の記憶は、六月……。六月の、八日。

よし、いいぞ。それでいい。間違いない。

八日だった。航平と匠と一緒だった。サークル名義で借りている借家に、今年も七月の頭ごろから世話になるべく、予定を立てていた。

だから三人で、一足早く下見に向かったのだ。納車から一月と経っていない、匠のアウディの試乗を兼ねて。

八日の朝、おれはシャワーを浴びて……そう、このグレイのボクサーパンツを穿いた。それからTシャツを着て、麻のシャツをはおり、ハーフパンツを穿いた。

おろしたての白のクロッグサンダルを履いた。ニットキャップをかぶった。シャツとニットキャップは、ネイビーで合わせた。

夏に向けての爽やかなコーディネートを目指したはずだ。

女向けの。女受けがいい。女が好きそうなファッション。

(女)

ああ、でもいまおれは裸だ。おれのシャツ。おれのハーフパンツ。どこへいった。あれはいい値段がしたんだぞ。今年の新作だぞ。

なんで脱いだんだろう。おれの服はどこだ。いやそれより、航平は、匠はいったいどこに。

――どこに。

「どこ……。こ、こは……どこだ」

突然聞こえた声に、彼はぎょっとした。

数秒置いて、自分が発した声だと気づく。同時に、よだれが己の顎までしたたっていることもはじめて知覚した。

ひどくぼやけた、覇気のない声音だ。自分の声とは思えなかった。

――でも、おれの声だ。

ようやく渉太は、自分がどこにいるかを悟った。

彼は、浴室にいた。見覚えがある。

くだんの借家の浴室だった。

そして彼はボクサーパンツ一枚で、水なしの浴槽の中にいた。足を伸ばし、浴槽の片側に背をもたせかけている。

自分の裸の腹が見えた。臍が見えた。肌はぶつぶつと鳥肌立ち、乳首も立っていた。寒いからだ、と思った。そうだ、六月に裸じゃあ、まだ寒い。

「こう――……航ちゃ、ん。……たくみ」

呼びながら、首をめぐらせた。

浴槽はオーソドックスな、オフホワイトの陶器製だった。かぶせられたシャッター式の蓋が、半分がた巻きあがっている。

古い借家ゆえ、追い焚きや自動給湯の設備は付いていない。窓は上部に嵌めごろしの明かりとりがあるだけで、その窓は厚手のタオルで覆われていた。またガラス製の引き戸は、ぴたりと閉ざされていた。

三方の壁は、自然石を模した柄入りのピンクベージュ。引き戸の向かいの壁には縦長の鏡が貼られ、その下にはシャンプーや石鹸箱を置く狭いカウンターがある。

そこまでを視線でたどって、渉太は違和感を覚えた。

――なんだろう、なにか足りない気がする。

三十秒ほど考えて、ようやく悟った。

ああそうだ、蛇口がないんだ。カウンターの下あたりに備わっているはずの、蛇口が消え失せている。

そういえば、浴槽に湯を張るための蛇口もないようだった。根もとからはずされ、穴をパテで雑に埋めてある。

――なんだこれは。

渉太は思った。

なんだこれは。管理会社はなにをやってる？　充分な金は払ってあるはずだぞ。なんだってこんな馬鹿な工事をした？　いったい誰が？

――誰が。

そう思った瞬間、渉太はようやく例の規則正しい〝とくとく〟の正体を知った。

やはり痛みだ。足からだった。激痛であった。

彼は悲鳴をあげた。

――いい、痛い。痛い痛い痛い痛い。

意識した途端、痛みの波が押し寄せた。本能的に渉太は、己の足を見ようと身をかがめた。

そうして彼はもっとも肝心な事実に気づいた。

手足の自由が利かない、という事実に。

渉太の両手は背中にまわされ、拘束されていた。人差し指から小指は動く。おそらく両の親指を、結束バンドかなにかで縛られているのだろう。

千切ろうと力を入れた。びくともしなかった。

何度か試す。しかし無駄だった。力みすぎたせいか、こめかみの血管が倍にも膨れた気がした。だが普段なら起こるはずの頭痛はなかった。足の痛みに、すべてが凌駕されていた。

――足先が、見えない。

浴槽にかぶせられている、シャッター式の風呂蓋のせいだった。自分の腿までしか見えない。膝下は蓋の陰に隠れてしまっていた。

渉太は体をひねった。膝下の感覚がひどく鈍い。だがどうやら、両の足首も同じく拘束されているようだ。

感覚の鈍い両膝をなんとか曲げ、彼は足先がどうなっているか見ようとした。

心の片隅では、

（見るな）

自分の身になにが起こっているか、直視するなというシグナルを感じていた。だが渉太は、

（見るな。やめておけ）

見ずにはいられなかった。その目で視認せずにはいられなかった。彼は浴槽の中で身をよじり、両膝を曲げ、見た。

そして絶叫した。

「あああああああ！」

――おれの、おれの足。

「うあああああああ！　ああ！　あああああ！」

――おれの足が。

彼は見た。

己の両足の親指と小指が切断され、傷口がホチキスのような針で、ひどく不格好に留められているのを見た。

傷口には赤黒い血が固まってこびりついていた。焼灼消毒でも試みたのか、無残に潰れて引き攣れていた。

「あああ！　あああああああああ！」

彼は痛みの正体を知った。そしてこの傷にしては痛みが、

（こんなもんじゃない）

まだ鈍いらしいことにも気づいた。

(ほんとうに痛みはじめたら、きっと、こんなもんじゃ済まない)

いま痛みが鈍いのは、局部麻酔のせいか？　それとも鎮痛剤？　モルヒネだろうか？　わからなかった。

彼には医学の知識がない。しかしなんらかの痛み止めが半分がた切れ、半分は効いた状態なこと。それでさえこの激痛なことはわかった。本能で感じとれた。

――もし、完全に効果が切れたなら。

「うああああああ！」

――おれは、どうなってしまうんだ。

誰かこの悲鳴を聞いてくれ。渉太は願った。聞いてくれ。頼む。誰か通報してくれ。聞こえるはずだ。届くはずだ。誰か、誰でもいいから警察に電話してくれ。

「火事だあああ」

渉太は叫んだ。

なにかで読んだことがある。無関心な都会の人間でも「火事だ！」の叫びだけは無視できないと。その言葉には、誰しも足を止めざるを得ないと。

「火事だあ。火事、だ。かじ――……」

語尾が消え入った。

重要な事実を、彼は天啓のごとく悟った。

――周囲には、誰もいない。

サークル名義で借りているこの借家は、ドライブコースとしても有名な海岸線の途中にぽつんと建っている。

道路を走っていくのは夕焼け目当てのカップル。はたまた磯釣り客。だが磯釣りの客が、借家の半径三キロ以内に入ってくることはまずあり得ない。

――おれの声を、聞く者などいない。

窓からは海と灯台を望めるだけだ。一番近い民宿でさえ、二キロ以上離れている。そして海びらきにはまだ遠い。一帯に人が集まる季節ではない。

渉太は絶叫した。

首を振り、つばを飛ばし、洟を垂らして哀願した。

助けてくれと。誰か、誰でもいいから警察を呼んでくれ、と。

しかしその間にも、刻々と鎮痛剤の効果は切れつつあった。規則正しい〝とくとく〟だった痛みは〝どくどく〟から〝ずきずき〟に変わり、いまや破れ鐘のような激痛に取って代わっていた。

神経そのものを鷲摑(わしづか)まれ、素手で引き裂かれるような痛みだった。それは痛みというより、熱だった。焼きごてを直接当てられているようだ。渉太は身悶(みもだ)えた。

——気が狂う。

こんな痛みがつづいたなら、おれは、きっと狂ってしまう——。

だがその前に、安寧(あんねい)が訪れた。

迫りくる激痛に、ふたたび彼は意識を手ばなした。

4

高比良は予想どおり、敷鑑班にまわされた。

相棒は青梅署の工藤(くどう)という若手だった。去年まで交番勤務だったそうで、歳はまだ二十四歳だという。

「青梅署刑事課、工藤巡査です。よろしくお願いいたします」

しゃちほこばった挨拶をする工藤に、高比良は笑顔をかえした。

「そんな堅苦しくなるこたぁないよ。ところでもしかして、これが専務(センム)入り初の捜査本部(チョウバ)じゃないか？」

「そのとおりです」

うなずいた顔が、心なしか青い。

内心で高比良は同情した。初の殺人事件がこれでは荷が重かろう。ただの殺しならまだしも、手口が残虐すぎる。

――そう、残虐すぎる……。

ふたたび浮かんできた考えを、高比良はかぶりを振って払い落とした。

「じゃあ行くか」

工藤の肩を叩いた。

「まずはマル害の交友関係から洗っていこう。大学生ともなれば活動範囲は広い。学友はもちろん、サークルやバイトの仲間、彼氏、元彼……。スマホの中身が解析されるまでは、そんなもんかな。手口からいって怨恨の線が濃い。性的暴行はされていなくとも、殴打による撲殺となれば、まず間違いなく男だしな」

事情を訊くべく真っ先に会ったのは、木戸紗綾と同じ大学に通う〝友人〟だった。

生前の紗綾を、最後に見た人物である。

「……はい。わたしもあの子も『現代社会保障論』を取ってるんです。だから、一緒に講義を受けていました」

紗綾とよく似た雰囲気の女子学生だった。

根もとまできれいな栗いろに染まった髪が、さらりと肩下まで伸びている。服装はカジュアルすぎず、適度にスクエアだ。一昔前なら「コンサバ系」と呼ばれただろうお嬢さまファッションだった。

「その日は社保論が最後のコマでした。紗綾が『人と会う予定がある』って言うから、そこで別れたんです。お化粧室で念入りにメイク直ししてたから、男の子と会うんだろうな、と思ったのを覚えてます」

「木戸さんはその相手について、なにか言っていませんでしたか？」

高比良が問う。

友人は首をかしげた。

「とくには、なにも。わたしが『デート？』と訊いたら『まあね』みたいな返答でした。はぐらかすみたいな、あいまいな感じです。だからそれ以上、突っこんでは訊きませんでした。紗綾って、そういうとこあるから」

「そういうとこ、とは？」

「えっと、なんて言うかな。あの子、わりと秘密主義なとこあるんです」

友人は不安そうな上目づかいになって、

「あ、べつにこれ、悪口じゃないですよ？　そうじゃなくて……。ただ男の子に関しては、あんまりオープンじゃないっていうか。ええと、気が付くと新しい彼氏ができてる、って感じ？　まわりにがんがん恋愛相談するタイプじゃなくて、こう、秘密裡に動くって言うんでしょうか。だからわたしも『ああまたか』みたいに思って、くわしく訊かなかったんですけど……」

言葉を切り、彼女はネックレストップを指でいじった。

「すみません。訊けばよかったですよね。でもまさか、こんなことになるなんて思わなくて……。すみません、すみません」

目もとが泣きそうに歪む。

高比良は冷静に制した。

「いえ、あなたのせいじゃない。あなたはなにも悪くありません。ご自分を責めないでください」

彼女が落ちつくのを待って、

「それで、木戸さんはどうしたんです？」と問いなおす。

「駐車場に向かって、歩いていきました。西門近くの『第三駐車場』です。紗綾は車通学じやないから、たぶん誰か、迎えが来てたんだと思います」

「車に乗りこむところは見ていない？」

「はい。わたしは学食に行ったので。すみません」

「いいんです」

彼女をいま一度なだめてから、高比良は質問を変えた。

「ところで木戸さんは、ＳＮＳをやっておいででした？」

「え、あ、はい」

友人が首肯した。

「ＬＩＮＥはもちろんですけど、あとはインスタとＴｉｋＴｏｋ……かな。頻繁に更新してたのは、インスタグラムのほうです」

「アカウントを教えていただけますか」

高比良は自前のスマートフォンを取りだし、木戸紗綾のアカウントをメモ帳アプリに控えた。

ＳＮＳの発展は警察の捜査にも役立っている。加害者および被害者が、個人情報をみずから明かしてくれるのだからＳＮＳさまさまと言っていい。捜査支援分析センター（SSBC）の解析結果を待たずとも、閲覧するだけで多くの手がかりを入手できる。

高比良は泣きそうな友人から、紗綾の所属するサークル、アルバイト先、元彼の名などを聞きだしたのち、工藤をともなって学生課へ向かった。


「防犯カメラの設置場所ですか？　はい、少々お待ちください」

学生課の職員が端末に向かう。

そして一分足らずで顔を上げた。

「えー、各出入口、講義室、講堂、体育館、図書館、第一および第二駐車場ですね。各一台ずつ、設置しております」

「第三駐車場には？　ないんですか」

「あそこは大学棟から遠いので、駐車券の発券機と出入口ゲートのみの設置です」

「管理ボックスは？」

「ありません。無人です」

高比良は工藤と視線を交わした。

――計画的だ。

この時点で殺意があったとまで断言はできない。だが紗綾を迎えに来た人物が、なんらかのかたちで事件にかかわった可能性はぐっと増した。

その人物は大学の各駐車場を事前に下見し、第三駐車場に防犯カメラがないと把握した上で、紗綾と待ち合わせたとおぼしい。そこには明確な計画性があった。

つづいて高比良と工藤は、紗綾が入っていたサークルの部室に向かった。

よくあるアパートタイプの部室棟だ。テニスサークル『ＦＰ』の部室は、二階の一番奥にあった。

「に、ニュースで観ました。ほんと、いまだに信じられないです。あの紗綾ちゃんが、まさかそんな……」

部長をつとめる男子学生は、人気の若手俳優に似た長身の美青年だった。

しかしその端整な顔は、いまは恐怖で引き攣っていた。ちなみに『ＦＰ』とは、フェアプレイの略だそうだ。

「テニスサークルだそうですが、主な活動は大学内のテニスコートでですか？」

高比良が問う。

部長はせわしなく髪をかきあげて、

「いえ、あの、うちはそれほど真面目なサークルじゃないんです。ガチでテニスやりたい学生は、たいてい『順大庭球会』っていう昔ながらのサークルに行きますから。うちはテニス三割で、あとの七割は、飲み会や季節のイベントを楽しんでます」

「部員総数はどのくらいです？」

「いまは、百人をすこし超えるくらいかと。男女比は半々くらいです」

「木戸紗綾さんは、入学直後からこちらのサークルだったんですか？」

「そうです。一年のときから、うちに在籍してました。すごく人気のある子で、その場にいるだけで、ぱっと場が華やかになる感じで……」

「では異性にも、さぞモテたでしょう？」

「あ――はい。まあ、そうですね」

部長は歯切れ悪く同意した。

代わって工藤が質問する。

「羽田龍成さんという男子学生も、おたくの部員だそうですね？」

「はい。うちの三年です」

「木戸さんの元彼だとお聞きしましたが、ほんとうですか？」

「あー……」

部長はしばし視線を宙にさまよわせてから、

「まあ、でも、終わった話だと聞いてます」と言った。

「終わった話、とは？」

「だから、その、とっくに別れたそうですから」

「〝とっく〟とはいつ頃のことです？」

「今年の冬かな。バレンタインの前には、もう別れてた気がします」

「円満な別れかたでしたか？」

「それは、うーん、ちょっと……」

言葉を濁す部長に、

「言っておきますが」高比良が口を挟んだ。

「隠しても無意味ですよ。われわれは何十人、何百人という人間に同じ質問をしてまわる。その過程で、いずれ真実は知れるんです。あなたたち学生は『告げ口は恥だ』などという理念で動きがちだが、捜査に協力することは告げ口や密告ではありません。これは殺人です。学生同士のいじめや喧嘩とは、わけが違います」

「…………」

部長の頬がこわばった。

高比良はつづけた。

「いまここで妙な隠しだてをして、あとで痛くもない腹を探られたいですか？　いや、それはあなたのご自由ですよ。しかしわれわれは必ず話の裏を取る。それを踏まえた上で、どうぞお話しください」

　勝負は早々についた。あっけないものだった。部長の肩が、がくりと落ちた。

　彼は長い長いため息ののち、

「……揉めたらしいことは、聞いていています」

　と言った。

「どう揉めたんです？」

「いや、これはあくまで噂なんです。ですが、その……去年一年生だった女子と、羽田くんと紗綾ちゃんで、なにか三角関係というか、ごちゃごちゃしたみたいです」

「つまり羽田龍成さんが、その一年女子と浮気した？」

「だと思います。で、その一年女子が紗綾ちゃんに勝利宣言したかなにかで、泥沼の争いになった――と、部内ではもっぱらの噂でした。うちのサークル、普段は平和なんですよ。平和なだけに、ゴシップがひとつ起こるとみんなはしゃいじゃって」

　恥ずかしそうに部長は認めた。

「その一年女子の名前を教えていただけますか」

「もう辞めましたけど、繭ちゃんです。立石繭ちゃん」

「それで羽田さんは、マル害――いや木戸さんと別れたのち、その立石繭さんと付き合いはじめたんですか？」

「いえ、そうじゃなかったみたいです。その後はすこしごたごたして、繭ちゃんのほうがサークルを辞めて、一件落着しました。で、羽田くんは……」

部長は言葉を切り、

「ぼくが言ったって、言わないでくださいね」と付け加えてから、

「羽田くんは、紗綾ちゃんとよりを戻したかったみたいです。でも紗綾ちゃんはいやがっていたようですね。ストーカーがどうとか愚痴(ぐち)ってましたから」

と言った。

「ストーカー……。それは羽田さんがストーカー化したということですか？」

高比良は慎重に聞いた。

「さあ。そこは突っこんで訊いてません。でも、たぶんそうなんじゃないかな。二人は結局、最後までよりを戻しませんでしたし……」

眉根を寄せて、部長はそう答えた。

大学構内を一巡したのち、高比良は工藤とともに中庭のベンチで休憩を取った。

手には構内のコンビニで買った、ブレンドコーヒーのＬサイズカップがあった。ありがた

いことに、最近のコンビニコーヒーはかなり美味(うま)い。自動販売機の缶コーヒーとほぼ同じ値段で、砂糖抜きの熱くて濃いやつが飲める。

工藤と手分けして、高比良は木戸紗綾のＳＮＳをチェックした。

スーツ姿の高比良たちに、行きかう学生たちが訝(いぶか)しげな目を向けてくる。

あきらかにこの空間で、高比良たちは異質だった。街では溶けこむはずの地味なスーツも、武張(ぶば)った体格も鋭い目つきも、警察官以外のなにものでもなかった。

「目立ってますね、ぼくら」

スマートフォンに目を落としながら、工藤が不安げに言う。

「ああ。だが、気にするな」

高比良は答えた。

そう、気にしなくていい。どのみち木戸紗綾の死は、すでに全国ニュースで広まっている。むろん撲殺云々(うんぬん)の報は知られていないが、捜査員が構内をうろつく理由はみな心得ているはずだ。それに犯人および関係者への、充分なプレッシャーにもなる。

六月の構内は雨の匂いがした。

湿った土と、濡れた芝の香りに満ちていた。いまにも降りだしそうな薄黒い雲が、頭上を重くふさいでいる。

紗綾のインスタグラムをチェックしていた工藤が、

「……この子、自撮(じど)りしないですね」

ぽつんと言った。

「ん？」

「ああ、いえ。もちろんいいことなんですが。ほら、昨今は『デジタルタトゥー』とか言って、一度上げた画像は刺青(タトゥー)みたいに消えないってこと、小学生の頃から叩きこまれていますしね」

早口で言ってから、工藤はつづけた。

「ただ――ただやっぱりSNSって、ある程度の自己顕示欲(けんじよく)でやるものじゃないですか。マル害みたいなタイプの美人が、まったく自撮りをしないのって珍しいですよ。それにこの日とか、サークルメンバーの画像は修正なしで上げてますでしょ？　だから、とくにネットリテラシーが高いわけでもないんです。でも彼女、自分の画像はどんなにさかのぼっても、一枚もアップしていない」

「ほう」

高比良はうなずいて、

「マル害は、過去にネットで痛い目に遭(あ)ったことがあるのかもな」

と言った。もしくは遭わせたことかな——とも。

5

激痛で、渉太は目覚めた。

気を失ったのは激痛ゆえだった。しかし目覚めたのもまた、痛みのせいだった。

完全に覚醒する一瞬前、渉太は一縷の望みを抱いていた。もしかしてすべては夢だったのではないか。ただのリアルすぎる悪夢だったのでは、と。

——しかし。

夢じゃなかった、と渉太はすぐに絶望した。

彼はボクサーパンツ一枚で、借家の浴室にいた。浴槽の中で膝をやや曲げて座っていた。手足は縛られたままだ。

なにひとつ変わっていない。

と言いたいところだが、多少の変化はあった。

誰かが風呂の蓋を持ち去ったらしい。おかげで己の胸から下がよく見えた。

両足の親指と小指は、やはり失われていた。こびりついて乾いた血は、どす黒く変色しつつあった。

渉太は呻き、身をよじった。

雨の音が聞こえた。気温が低い。肌寒い。にもかかわらず、全身が脂汗で濡れていた。顎が軋むほどに、彼は奥歯を嚙みしめた。

とてもじっとしていられなかった。身動きするたび、痛みが脳天まで突き抜けた。だが動くことで気を散らさねば、気が狂ってしまいそうだった。

——こんな痛みははじめてだ。

生まれてはじめて経験する激痛だった。虫歯の治療や、部活で負った打撲や脱臼の比ではない。

火だ。火に足を炙られているようだ。そう思った。しかし目を凝らしても炎はなく、失われた指の痕跡があるだけだった。

両足合わせて六本きりになった指は、自分の体の一部とはとうてい思えなかった。いまだどこか信じられなかった。

——おれはこの先、歩けるようになるんだろうか？

渉太は歯ぎしりしながら思った。

人体というのは片足の小指一本失っただけで、バランスが取りにくくなるのだと、昔なにかで読んだ。ならば両足の親指と小指を切断されたおれは、どうなのだ。助けが来たとしても、もとどおり歩けるまでに回復するのだろうか。

（助け）

――そうだ。おれはいま、助けを待つ立場なんだ。

自覚した途端、記憶が戻ってくる。どっと脳裏に押し寄せてくる。

おれは――そうだ、自転車で走っていた。

片道二十分かかる距離のコンビニに、追加の酒を買い出しに行っていた。サークル名義の借家で、航平と匠とともに宅飲みしていたのだ。

そして借家に着いてすぐ、何者かにスタンガンかなにかを当てられた。次いで後頭部を殴られた。おそらくそれで気絶したに違いない。

だがいま、後頭部の痛みは感じなかった。おそらく痛んではいるのだろう。しかしもっと激しい足先の痛みにかき消されていた。

いや、それを言えば五感のほとんどが機能していないと感じる。すべての感覚が、足の痛みに凌駕されてしまっている。

（なぜこんな）

（誰が）

航平。匠。二人はどこだ。

これは誘拐か。身代金目当てか。金なら、匠の親がいくらでも払ってくれるはずだ。

(いや、それよりも)

——おれの指を切って……やつらはその指を、いったいどうしたんだ？

(まさか、親に送りつけた？)

うなじの毛が、ぶわっと逆立った。

考えただけでぞっとした。母の泣き顔がまぶたに浮かんだ。

母は渉太を「しょうちゃん」と呼ぶ。

渉太は、母が三十九歳のとき産んだ唯一の子どもだ。不妊治療を諦めかけた矢先にできた子であった。生まれ落ちてからというもの、渉太は彼女のすべてだった。

その渉太の切断された指を、もし母が見たならば。

「ああああああ！」

渉太は叫んだ。叫びながら、頭を振って何度も壁に打ちつけた。

しかし声は、浴室内にむなしく反響するだけだった。助けはおろか、「うるさい」と制しに来る誘拐犯さえいなかった。

(誘拐犯？)

ぴたりと渉太は動きを止めた。

――これは、誘拐……だよな？

そうに決まっている。

監禁(かんきん)されたのが若い女ならば、犯(おか)すか売り飛ばすか、きっとなにがしかの価値があるだろう。しかしおれたちは男ばかりだ。男三人で飲んでいた。さらったところで、金以外になんの得があるだろう？

（いや、でも、そうでないとしたら？）

脳の奥でなにかがざわめく。

誘拐ですらないとしたら？

おれたちをただここに閉じこめて、痛めつけて、**それだけが目的**だとしたら？　犯人が異常者で、金になんか興味がなかったとしたら？

「いや」

渉太は呻いた。

「いや……あり得ない。もし……もしそうだとしても、助けは来る。助けは、絶対に来る。だって三人いっぺんに同時にいなくなるなんて、おかしい。誰かが、必ず気づく。大騒ぎになるはずだ」

航平も匠も渉太も、実家は都内だ。しかしいまは大学近くにアパートやマンションを借りての独り暮らしである。

だからこの借家へ来ることは、親にはとくに告げていないが――。

「部長に、言った」

涙ぐみながら、渉太はつぶやいた。

いまや彼は泣きだしていた。脂汗にまみれた頬を、ぼろぼろと涙がつたって落ちる。泣きながら、しかし彼は笑っていた。

「部長に言った。……そうだ、言ったぞ。言って、ここに、来た」

舌がもつれて「ぶりょうにいった」としか発音できなかった。

いつもの彼ならば、そしてこれが他人の発言だったなら、渉太はお笑い芸人の真似をして「噛むなや！」とすかさず頭を叩いていたはずだ。

そんな彼を「芸人気取りかよ」「勘違いしてる」と言って嫌う者はすくなくなかった。

渉太自身、全員に好かれてはいないと知っていた。しかし表立って文句を言う者などいないことも、同時によく心得ていた。

(だっておれは、部長のお気に入りだ。それに)

「……航ちゃん、だって、そうだ」

そこまでつぶやき、彼ははたと気づいた。

――待てよ。

ほんとうに〝三人いっぺんに〟なのか？

この場にはおれしかいない。航ちゃんも匠も、声すら聞こえない。二人が自分と同様に襲われ、昏倒(こんとう)するところも見ていない。

――ならばさらわれたのはおれだけ、と考えるのが自然ではないのか？

「うぁぁあああ」

手ばなしに、渉太は泣きだした。かぶりを振りながら、啼泣(ていきゅう)した。

耐えられない、と思った。

もし一人だったらどうしよう。そんなの無理だ。絶対に耐えられない、と。

やがて涙でぼやけた目で、彼はようやくそれをとらえた。

シャンプーや石鹼皿を置くための狭いカウンターに載(の)っている、浴室にはひどく異質な黒いものを。

ノートパソコンだった。

ひらかれている。液晶画面がこちらを向いている。

だが電源は入っておらず、画面は真っ黒だった。

「なんだよ……」

渉太は啜り泣いた。

湊が垂れてくるのがわかった。だが手は背中で縛られており、拭うこともできなかった。

「……なんだよ……。わけ、わかんねえよ、なんなんだよ……」

ぐったりとうなだれ、彼は痛みと恐怖の中でひっそりと泣いた。

6

木戸紗綾の〝元彼〟こと羽田龍成は、両目を真っ赤に泣き腫らしていた。

彼は高比良たちに向きあうやいなや、

「おれじゃないです」

と言った。

「おれはなにもしてません。昨日は午前中ずっと講義だったたし、午後はバイトのシフトが入ってました。ほんとです。疑うなら、出席票とタイムカードを確認してください」

紗綾は十日から行方を絶ったと知らないらしいな、と高比良は思った。

とはいえ即断はできない。しらばっくれているだけかもしれない。

「ほう。疑われそうな心あたりでも？」

工藤が問うと、羽田の目もとが軽く痙攣(けいれん)した。

「ありませんよ。そんな……絶対にないです」

「あなたは木戸さんと交際されていたそうですね。いつからのお付き合いでした？」

高比良は尋ねた。

気を落ちつけるためか、羽田は深呼吸ののち答えた。

「い、……一年生の、冬くらいからです」

「では、丸一年ほど交際したわけだ。なぜ別れたんです？」

「それは、いろいろ行き違いがあって」

「行き違いと言うと？」

「べつに大きなきっかけはないですよ。ボタンの掛け違い、って言うんですか？　ちいさいことが積み重なって、だんだんうまくいかなくなって……。よくあることじゃないですか。なにもおかしかないですよ」

「立石繭さんとは、どういうご関係です？」

ずばりと高比良は切りこんだ。

羽田は絶句した。完全に虚(きょ)を突かれたらしい。目が左右にきょときょとと動く。手の甲で、彼は唇を拭った。

「どういうご関係ですか？」高比良がいま一度問う。

まだ目を泳がせたまま、羽田は言った。

「繭は、……あいつは、もう関係ないです。サークルだって、春になる前に辞めさせましたし」

「だいぶ揉めたとお聞きしましたが」

「だ——誰が、そんなことを」

羽田が気色ばんだ。その言葉を高比良は無視して、

「あなたと木戸さんとの破局には、立石繭さんが関係しているんですか？」

と訊いた。

羽田は一瞬詰まり、ふたたび手の甲で唇を拭った。

動揺したときの癖らしいな、と高比良は察し、言葉を継いだ。

「ちなみに警察は現在、木戸さんのスマホを解析中です。あなたがこの場でごまかしても、すぐわかることだとだけ言っておきます」

「だったら……」

羽田が言いかけ、言葉を呑む。だったらなぜ訊く、と言いたいらしかった。だがさすがに

それを口に出さないだけの、最低限の分別はあるようだ。

　羽田はわずかに顔をそむけて、

「出来心というか……。あの、深い意味は、なかったんです」

　と言った。

「だって繭のやつが、ちょっと可愛かったから。だからもうすこし親しくなろうかなって思って、それで」

「つまりあなたのほうから、ちょっかいを出した？」

「そういう言いかたされると、アレですけど。……まあ、そういうことですね」

「それを木戸さんに知られたんですか」

「いや、それもそうですけど、繭が」

「彼女のほうが、本気になってしまった？」

　またも羽田が手の甲で唇を拭う。

　しかしそのまぶたは伏せられ、目には諦め(あきら)の色が浮きつつあった。

「そんな感じです。……というか繭は、それとは関係なく、前から紗綾のことが気に食わなかったみたいで」

「前から、とは？　なんの前です」

「なんというか……紗綾と繭は、中高とも同じ永学(エイガク)だったんです。学年は繭のほうがひとつ下ですけど、あいつはその頃から、紗綾のこと知ってたみたいです」

羽田はおもねるように高比良を見上げた。

「紗綾が永学にいた頃、付き合ってたやつ——瀬尾なんとかって男が、評判よくなかったらしくて。繭は『そんな男の彼女だった女なんか、絶対ヤバいよ』って言ってました。おれたちを別れさせようとして言ってたんだと思うけど……。結構、いや、かなりしつこかったです」

「それであなたは？　どうしたんです」

「なんていうか……正直、引きました。繭があんまりうるさいんで、ウザくなってきて……。『いま紗綾はおれと付き合ってんだからいいだろ』って、その話題は無視しました。でもそしたら繭が、紗綾に地雷(じらい)かましちゃって」

「地雷？」

意味がわからず、高比良は問いかえした。

羽田の顔がすこし赤くなる。

「えーっと、つまりおれとアレしたこと、彼女が自分から紗綾にバラした、ってことです」

「なるほど」高比良はうなずいた。

「それで二人は揉めたわけだ」

「揉めたっていうか、紗綾のほうがキレちゃったんです」

「立石さんにですか」

「いや、おれにもです。紗綾、ああ見えて怒ると怖いんですよ。だからおれはもう土下座に次ぐ土下座って感じだったんすけど、繭のほうは……」

「折れなかった？」

「はい。おれは……悪いけど、紗綾に付きました。それで諦めてくれるかと思ったのに、繭はヒートアップする一方で」

「ヒートアップとは？　具体的にどういうことです」

「なんていうか、ストーカーみたいになりました。おれにじゃなく、紗綾にです。あいつが住んでるマンションのまわりをうろついたり、SNSにいやがらせしたり」

――紗綾ちゃんはいやがっていたようですね。

――ストーカーがどうとか愚痴ってましたから。

サークルの部長の言葉が、高比良の鼓膜によみがえる。ではストーカーは羽田ではなく、立石繭だったのか。彼はひっそり唇を曲げた。

工藤が代わって質問する。

「立石さんが木戸さんのＳＮＳにいやがらせをしたのは、いつ頃のことです？」

「ええと、去年の秋から冬にかけてかな。でも紗綾、すぐに繭のことブロックしましたからね。ダイレクトメッセージ中心のいやがらせだったし、ウェブ上じゃあ確認できないと思います」

「立石さんのアカウントＩＤをご存じですか？　でしたら教えていただけませんか」

「あ、はい。おれもブロック済みですけど……。これです」

スマートフォンを操作して、羽田が画面を差しだす。

工藤は自前のＳＮＳアカウントで、そのＩＤをフォローした。

「でも……。でももう、済んだことなんです」

スマートフォンをしまいながら、羽田はもごもごと言った。

「おれが間に入って繭をサークルから退会させて、それで全部片が付いたんです。……だから、まさか彼女が、紗綾をそんな。……そこまでは考えられない。殺すなんて、あり得ませんよ」

次いで高比良と工藤は、立石繭から事情を聞こうとした。

しかし彼女は大学を休んでおり、不在であった。理由は〝友人と京都へ旅行〟。

その場で工藤が繭のＳＮＳを再確認する。

結果、旅行はほんとうであった。最新の更新は伏見稲荷大社の千本鳥居をバックに、女友達と並んでピースサインを出す繭の画像だった。

7

渉太は、黒い靄の中にいた。

瘴気のごとく濁った、どす黒い靄だった。

（ロニー）

（ロニー、……たすけて）

（たすけてロニー）

そうして靄が晴れたとき、渉太は震えていた。浴槽の中で、裸同然で、全身をわななかせていた。

上下の歯がかちかち鳴った。寒さではなく、激痛がもたらす震えであった。脂汗はいまや冷え、ねっとりと粘っこく皮膚を覆っていた。

だが彼を襲っているのは、もはや傷口の痛みだけではなかった。

喉の渇きだ。渇いて死にそうだった。

そしてそれと同じくらい、小便がしたかった。

おかしな話だ、と思った。体の上半分は水が欲しくてたまらないのに、下半分は水分を排出(はいしゅつ)したくてたまらない。

体内でうまく循環(じゅんかん)してくれりゃあいいのに。そしたら夢にまで見た、省エネな永久機関の出来あがりじゃないか——。

彼はヒステリックに笑いだしそうになった。だが残念ながら喉は、ひくひくと音もなく引き攣れただけだった。

渉太は顔を上げた。

(ロニー)

——やけに昔を思いだす、と思ったら。

そうか。浴室の、壁の模様のせいだ。自然石を模したまだら模様のうち、たまたま並んだ二つの丸が、あたかもぬいぐるみの耳のように見えるのだった。

となればその下の二つの点は目に見えてくるし、そのさらに下の丸はひとりでに鼻に思えてくる。

熊だ。渉太は思った。熊のぬいぐるみだ。彼がほんの子どもの頃、熱愛して毎晩ともに寝ていた熊のロニーにそっくりだった。

（ロニー）

なぜロニーと名付けたのかは、覚えていない。

アニメキャラの名前をもじったのかもしれないし、もしくは響きが気に入っただけかもしれない。

ともかく、ロニーはロニーだった。いつも渉太と一緒にいてくれた。

雷が怖い夜も、意地悪な従兄が来た日も、つねにそばにいてくれた。震えが来るような怖さや、傷ついた気持ちを分かち合ってくれた。

母は渉太を溺愛した。だがけして隣では寝てくれなかった。彼女は息子を愛し、可愛がったものの、息子自身の望みはほとんど聞き入れなかった。

ロニーは、ひどく安っぽい見てくれのぬいぐるみだった。

家にはもっと高級な、ブランド製のテディベアが二つもあった。むしろ母はそちらを渉太に与えたがった。

しかし渉太が愛していたのはロニーだけだった。

手ざわりがよかった。タオル地によく似た肌ざわりで、頬擦りすると安心できた。いつも一緒にいたから、渉太自身の匂いが繊維に染みついていた。

（ロニー、ロニーロニー）

ロニーの手をしゃぶりながらでないと、幼い頃の渉太は眠れなかった。ロニーさえいればよかった。ロニーがいれば嵐の夜も怖くなかった。

（ロニー。ロニーロニーロニーたすけて。ロニーおれを守って）

しかし大人になった彼に、ぬいぐるみの助けは来なかった。

「ああ」

渉太は呻いた。

限界だった。股間が、なまぬるく濡れるのがわかった。

グレイのボクサーパンツにじわじわと染みが広がっていく。布地が黒く変色していく。アンモニアの悪臭が、もわっと立ちのぼる。

「ああああ」渉太は泣いた。身も世もなく啜り泣いた。

惨めだった。腿の間からちょろちょろと細い筋が流れて、排水口に吸いこまれていく。

体内に長くあったからか、尿はやけに黄いろく、量もすくなかった。尿道に、染みるような痛みがかすかに走った。なぜかその痛みは、足の激痛にかき消されなかった。

（漏らした）

（二十歳にもなって、おれはお漏らしした。ああロニー）

はっきりと渉太は、ロニーの感触を思いだしていた。

あの匂い。あの手ざわり。

渉太は発語が遅かった。

ほかの子が流暢にぺちゃくちゃしゃべるようになっても、渉太は口を引き結んでロニーを抱いているだけだった。

母はむろん、彼を医者に診せた。高名な医者は「器質的な障害はない」と断言した。

しかし母は疑いつづけた。彼を猫可愛がりしながらも、当時の母が渉太を見る目はいつも淀んでいた。その淀みが語っていた。

この子は〝できそこない〟なのではないか？　と。

うちの家系にはふさわしくない子なのではないか？　だとしたら、わたしはなにか手立てを考えなくては――と。

五歳を過ぎ、渉太がよその子と同じくらい、いやそれ以上にしゃべるようになるまで、母の淀んだ眼差しはつづいた。それ以前の彼には、

（ロニー）

ぬいぐるみのロニーがすべてだった。

渉太は願った。いまここにロニーがいてほしいと、強く願い、祈った。

ほかのものはなにもいらなかった。母も、航平も匠も、かつて付き合った女の子たちも眼裏に浮かばなかった。

いま彼が欲しいのはロニーと水、そしてこの痛みを止めてくれるなにかだった。

頬の内側が乾いてねばついていた。舌はスポンジのように膨れあがり、口内で違和感がひどかった。上顎はごわついていた。

激痛はいまや、彼の下肢を焼いていた。剝きだしの神経を、紙やすりで擦られている気がした。

彼は呻いた。嚙みしめた奥歯がぎりぎり軋んだ。これが終わったら、奥歯はすっかりすり減ってなくなっているのでは、とまで思った。

――終わったら?

終わったらってなんだ。いったいこれが、どう終わるってんだ。

(ああロニー。水)

渉太は水を思った。市販のロキソニンのパッケージを思い浮かべた。そしてロニーの肌ざわりを思った。

「……みず……」

そう呻いたとき、視界の端でなにかが瞬いた。

渉太は顔を上げた。そして二、三度目をしばたたいた。

――パソコン。

シャンプーや石鹸皿があるべき場所に、置かれていた異物――。

その黒いノートパソコンの電源が、入っていた。

どうやらOSはＷｉｎｄｏｗｓらしい。デフォルトの起動画面がモニタに数秒映り、デスクトップ画面に切り替わる。ブラウザやメールアプリなど、いくつかのアイコンが表示される。

遠隔操作か、と渉太は察した。

きっとスマートフォンかなにかで、別室から電源やアプリを起動できる設定にしてあるのだろう。

ふたたび、ぱっと画面が切り替わった。

液晶に映しだされた光景に、渉太は短い悲鳴をあげた。

分割された画面に、それぞれ航平と匠が映っていた。二人とも、渉太と同様に下着一枚に剝かれている。そして同じく拘束されている様子だった。

しかし、ひとつだけ違う箇所があった。

航平と匠は、口にガムテープを貼られていた。布かなにかを詰めこまれた上で、テープで塞がれているらしい。頬が無様に膨れている。

足先は映っていなかった。しかし渉太にはわかった。

彼らのあの脂汗。あの苦悶の表情。

間違いない。二人もおれと同じく、両足の親指と小指を切断されたのだ――と。

航平は洋式便器に座らされていた。窓のかたちといい、去年のままのカレンダーといい、どう見てもこの借家の男子用トイレだった。

一方、匠は押入れの下段に押しこめられていた。部員用の布団や座布団を、たたんでしまってあった押入れだ。しかしいまは中身を引きだされ、代わりに膝を折って座った匠が詰めこまれている。

二人とも無残な有様だった。しかし渉太は、心のどこかで安堵していた。

――よかった。

(おれ一人じゃなかった。三人一緒だった。よかった)

だがむろん、なにもよくなどなかった。

事態は悪化しただけだ。渉太一人がさらわれたなら、航平もしくは匠が通報してくれるはずだった。その望みが、たったいま潰えたのだ。

しかしそうと理屈でわかっていてさえ、渉太はやはり胸のどこかでほっとしていた。自分は一人じゃないという、本能的な安堵であった。

涉太は画面を食い入るように見つめた。

通常ならば、パソコン画面の右下には時刻と日付が表示されている。いまが何日で、何時なのか知りたかった。

だが表示は切られていた。時刻も日付もだ。

嵌めごろしの窓は厚手のタオルで覆われており、ひとすじの光も入ってこない。いまが昼か夜かもわからない。

さいわい浴室の照明は灯っている。だが「もし消されたら」と、考えるだけで恐ろしかった。

(この上暗闇なんて耐えられそうにない。ああ、ロニーロニーロニー)

――航平と匠は、どうやって監禁されたのだろう。

わずかに残った理性で、涉太は訝った。

おれと同じようにスタンガンを当てられ、後頭部を殴られたのか。だとしたら、一人ずつになるのを待っての凶行だ。どちらかがトイレにでも行ったときだろうか。

――ならば監禁犯は、借家の鍵を持っていたことになる。

涉太は帰ってきたところを襲われた。しかし航平と匠が、借家の外に出たとは考えにくい。

すくなくとも航平は、よほどのことがない限り出なかったろう。

つまり犯人は、借家を自由に出入りできたわけだ。なにかの折に合鍵を作っていたとしか思えない。

――ということは。

渉太の背すじを、悪寒が駆け抜けた。

この事態はやはり、突発的でも偶発的でもない。犯人は、いや犯人たちは、おれたちがおれたちだとわかった上で襲ったのだ。

（誰が。いったい誰が）

（身代金目当てであってほしい。匠の金目当てであってほしい）

垂れた額の汗が、口の中に落ちてきた。

反射的に渉太はそれを舐めた。塩辛かった。だが水分には変わりなかった。辛いどころか、甘露に感じた。よけいに喉を渇かせる塩分の塊とわかってはいたが、舐めずにはいられなかった。

もっと汗が落ちないかと、舌を伸ばした瞬間。

「――こんばんは」

奇妙な声が浴室に響いた。

平板で、機械的な声であった。ボイスチェンジャーを使っているのか、それとも音声合成アプリだろうか。

ともかくパソコンから発せられていることは間違いなかった。

声はつづけた。

「こんばんは。瀬尾航平くん。阿久津匠くん。乾渉太くん」

場違いにも渉太は「ああ、ではいまは夜なのか」と思った。こんばんはと挨拶するからには夜なのだろう、と。

――じゃあおれが気絶してから、すくなくとも二十時間は経っている？

そんな疑念を無視し、

「痛い？　痛いでしょう。痛いよね」

〝声〟は平たい口調でつづけた。

「もう局部麻酔が切れる頃だものね。でも大丈夫。安心して。われわれは、強い鎮痛剤を持っています」

われわれ。渉太は口の中でつぶやいた。

やはり複数犯か。だと思った。大の男三人を同時に監禁するなんて、複数でない限り不可能だものな。やつらは複数犯で、計画的におれたちを襲撃（しゅうげき）したんだ。

（いや待て。いいことを聞いたぞ）

渉太の中の、無邪気（むじゃき）な人格が喜びはじめる。

（あいつらは鎮痛剤を持ってるらしい。痛み止めだ。ロキソニン？　カロナール？　いやもっと強い薬かも。ここでおとなしく要求を飲めば、飲ませてくれるかもしれないぞ）

馬鹿（ばか）、と渉太は〝無邪気な人格〟を叱咤した。

馬鹿が。そんな甘っちょろい相手かよ。

やつらはおれたちの指を切ったんだぞ。指を切られたって意味、わかってるか？　もう二度と生えてきやしないんだぞ。

成人男性三人の足の指を、やつらはためらいなく切断した。切断した上で監禁し、いまこうやってノートパソコン越しにコンタクトを取ってきている。

――どう考えたって、まともな相手じゃない。

（まとも？　へっ。まともかどうかなんてどうだっていい）

（この痛みを止めてくれるなら、鎮痛剤をくれるなら。おれはそいつの靴を舐めたっていい、いや靴どころか、靴。靴靴靴。なんだってする。なんだっておれは）

頭の中の声を黙殺し、渉太は画面を見つめた。

依然として画面には航平と匠が映っていた。この無機質な声は、二人の耳にも届いているらしい。その証拠に彼らは〝声〟の言葉ひとつひとつに反応し、目を見ひらいている。

「薬が欲しいですか？　欲しいですよね」

パソコンのスピーカーから、性別も年齢もわからぬ〝声〟が響く。

「痛み止めだけでなく、抗生剤も欲しいよね。もし傷口が化膿したら、膿んだらどうなるか、大学生なら当然わかっていますものね」

そのときだった。

突然、航平が唸り声を上げて暴れはじめた。

身をよじり、頭を横の壁に何度も打ちつける。

動くたび激痛が走るらしい。彼の顔じゅうが脂汗に濡れ、こめかみには太い血管が浮いていた。怒りに眼球が膨れあがっていた。画面越しに見ているだけでも恐ろしかった。渉太は思わず身をすくめた。

唐突に、画面がぱっと四分割になった。

二つのフレームには、あいかわらず航平と匠が映っている。

あとの二つには、床に置かれたスマートフォンと、ＳＮＳのヘッダーが表示されていた。

——おれたちのスマホだ。

渉太は息を呑んだ。

シルバーのｉＰｈｏｎｅは航平。クリアケースに入った最新のｉＰｈｏｎｅが匠。そしてメタリックグリーンのＡｎｄｒｏｉｄが渉太のものだ。間違いない。液晶に走ったひびのかたちにさえ、見覚えがあった。

そしてＳＮＳのヘッダーは。

——おれの、アカウントだ。

渉太が口の中で呻いたとき、

「安心してください」

〝声〟は、いま一度言った。

「みなさんがいきなりいなくなったら、親御さんやお友達が心配しますよね。安心してください。だから、われわれのほうで、きみたちのＳＮＳを更新しておきました」

——なんだって？

渉太はあっけに取られた。

ヘッダーを表示したスマホ画面が、四分割の位置画面を使ってズームされていく。拡大される。

その真横のフレームでは、航平が憤怒の形相で頭を壁に打ちつけている。

涉太は見た。己のＳＮＳ画面を見た。

そのトップに、見知らぬ投稿が表示されていた。

最新に投稿されたらしい画像だ。どこかで見た橋が写っている。まわりの看板からして、おそらく道頓堀だ。マクドナルドのコーラらしいカップが三つ写りこみ、短い文章が添えてあった。

〝航平と匠と、大阪を満喫中！　食いだおれまっせ！〟

つづいて航平のＳＮＳが表示される。

同じく道頓堀をバックにカップ三つを写した、しかし別の角度から撮ったらしい画像であった。匠のＳＮＳも同様だった。

涉太は眉根を寄せた。目に、汗が入って染みた。

手がこんでいる、と思った。そうだ、手がこんでいる。この犯人は手慣れている。これを見たフォロワーは全員、おれたちが大阪へ旅行中だと信じて疑うまい。

「ＳＮＳへのリプは、われわれがしておきます。安心して」

〝声〟はまたも「安心」のフレーズを繰りかえした。

「ＴｗｉｔｔｅｒにもインスタにもＬＩＮＥにも、代わりに返事をしておきます。サークルの部長さんには、『夏用の〝小屋〟は問題なかった。飲んでるうちに盛りあがって、勢いで大阪に行くことになった』と、瀬尾航平くんのＬＩＮＥアカウントから説明を入れておきました」

航平の唸り声が大きくなる。

「部長さんからの返事は『ごゆっくり。お土産よろしく』でした。よかったですね。誰にも心配をかけることなく、きみたちはここにいられます」

渉太は誰かの泣き声を聞いた。

ひどく悲しげな声だった。それが自分のすすり泣きだと気づくまでに、数秒を要した。

頬を涙がつたっていた。こんなにも渇いているのに、まだ体から水分が出るのが不思議だった。涙と洟と汗で、顔じゅうがぐちゃぐちゃだ。

渉太はフレームの中の匠を見た。

いつも清潔で爽やかなはずの匠は、いまや見る影もなかった。脂汗にまみれた髪はべったりと額に貼りつき、両の目からはやはり涙が流れていた。

匠の髪が意外なほどに薄いことに、渉太は気づいた。いつもはスタイリングでうまくボリュームを出しているらしい。頭頂部をさらしてうなだれ、嗚咽する彼は、十歳も老けて見えた。

(ざまあみろ)

(女にモテると思って調子に乗りやがって。苦労知らずのボンボンが。いつもおれを見くだしやがって。ざまあみろざまあみろざまあみろ)

──違う。

涉太は内心の声を、慌てて打ち消した。

違う。おれはそんなこと思ってやしない。匠は友達だ。仲間だ。いつだって一緒だった。ずっと苦楽をともにしてきた仲だ。

(そうだあのときもいつも一緒だった。あのときも、いまもいつも一緒)

「さて、心配はいらなくなったところで──」

〝声〟が言った。

「──選べ」

口調が変わっていた。

ぞくり、と涉太の背を悪寒が走った。

(選べ？　選べだって？)

（この状態でなにを？　手も足も縛られて、おまけに足の指を四本も切断されているのに、なにを？）

「選べ」

〝声〟は繰りかえした。

「おまえらのうち一人を選べ。選んだら、そいつの手の親指の爪を一枚、二人がかりで剝ぐんだ。成功したら、すぐに鎮痛剤と抗生剤をやる」

しばし、静寂が落ちた。

航平ですら、唸り声を上げるのをやめていた。

モニタ越しにも両の目が見ひらかれているとわかる。膨れた眼球が、いまにも眼窩からこぼれ落ちそうだ。

「安心してください」

もとの語調に戻って〝声〟は言った。しかしふたたび瞬時に切り替わって、

「――剝がされたやつにも、鎮痛剤と抗生剤はやる。これは連帯責任だ。ま、連係プレイってやつだな」

と愉快そうに告げた。

ああ、やはりボイスチェンジャーだった、と渉太は悟った。

音声合成アプリなどではない。だっていま、おれは〝声〟にこもった嘲笑（ちょうしょう）を嗅（か）いだ。確かにこの耳が聞きとった。この声の主は。こいつは。

――楽しんでいやがる。

おれたちを痛めつけることを。苦しめることを。頬をつたう涙や嗚咽さえ、すべて楽しんでやがる。

――いやしかし、それより当面の問題は。

「……どうやって？」

うつろに渉太はつぶやいた。

おれたちのうち一人の爪を、二人がかりで剝げだって？　どうやって。

おれたちは縛られているんだぞ。まさか拘束を解いてくれるわけじゃないよな？　剝ぐための道具だってない。第一この足じゃ、まともに歩けるかどうかもわからない。

しかしそんな疑問を、

「知るか」

〝声〟は短く突きはなした。

「てめえで考えろ」

直後、モニタは真っ暗になった。

それから長い長い時間が経って――。

いや、実際は五、六分だったかもしれない。それとも三十分だったかもしれない。ともかく、ノートパソコンのモニタがふたたび灯った。

答えるよう、例の〝声〟がうながしてきた。

渉太は匠を選んだ。

航平と匠は、渉太を選んだ。

多数決だった。二対一。爪を剝がされるのは、渉太と決まった。

渉太は絶叫をはなった。

＊

え？　いえね、猫も犬も好きなのよ。

どっちも同じくらい好き。

小鳥だって可愛いしねえ。最近だとハムスターとか、うさぎも可愛いわよね。でも不思議と、昔から猫しか飼ったことがないの。

ほんと、わたし自身はどれも好きなのよ。犬だって鳥だっていいの。ただ生家で代々、猫を飼っていたから、なんとなく犬を飼う習慣がなかったのね。おまけに結婚して貝島姓になってからは、夫側の実家がそりゃもう熱烈な猫派だったの。だからずうっと、自然と猫ばかり可愛がってきたわけ。

夫と結婚してはじめて飼った子はね。三毛猫の、初代サクラ。気性のやさしい子だったわ。二十二年も生きてくれたの。びっくりでしょ？　晩年は寝てばっかりで、ほとんど身動きもしなかったけど。それでも息をして、そこにいてくれただけでよかったわね。

あの子が死んだときは、自分の一部がなくなったみたいだった。ほら、よく〝胸にぽっかり穴があいたみたい〟なんて言うでしょう？　まさにあれ。あれって、どこの誰が言いだしたフレーズなのかしらね。うまいこと言ったもんだわねえ。

ほんとうに、穴よ。穴。

いままでそこにいて当たりまえだった人やペットが、ある日ふいにいなくなる。喪失感とか、空虚感なんて言葉でも通じるんでしょうけど、〝胸にぽっかり穴があいた〟このほうがしっくりくるわよね。

サクラがいなくなったときは、悲しくて悲しくて、もう二度と猫なんか飼わないって思ったわ。夫と一緒に「二度と飼わない」って誓ったの。

　でもねえ、おかしなもんで、数年もするとよその子猫が可愛く思えてきちゃうのね。サクラに似た柄の子なんか見ると「生まれ変わりじゃないか」なんて。ふふ。馬鹿でしょう？

　え？　初代ってことは、二代目サクラもいたのかって？

　そうなの、いたの。やっぱり三毛猫でね。目の色もおんなじ緑いろ。あんまり似てたから、つい、ね。

　ううん、三代目はいないわ。ほら、モモを知ってるでしょ？　あの子が、二代目サクラの子ども。

　わたしじゃないってば。道哉が付けた名前よ。

　サクラの次がモモなんて、短絡的だと思う？　でもしょうがないわよ。あの頃は道哉だって小学生だったもの。

　三回？　へえ、道哉とあなた、そんなに会わせたかしらね。

　覚えてないな。でもあなたが言うなら、きっとそうなんでしょう。

　二代目サクラね。ええと、あの子は確か十四年生きたの。猫の寿命としては、まあ平均的だわね。

　死んだのは……そう、道哉が小六の冬だった。

道哉は泣いて泣いて、そりゃもう、体の水分がなくなるんじゃないかってくらい、泣いてねえ。

もしモモがいてくれなかったら、どうなったかわからないわね。

でも、そういうもんなのよ。どんなに大きな穴がぽっかりあいても、目の前にモモがいたから――世話する対象があったから、耐えていけた。

この子には自分が必要だ。自分が世話してやらなけりゃ、死んでしまうかもしれない。そう自分を奮(ふる)い立たせることで、悲しみをまぎらわすわけ。

わたしもやってきたことだからね、わかるのよ。

夫がいなくなったときも。息子夫婦が事故で――ああなったときも。

もうこれ以上は無理。耐えていけないと思ったものだけどね。目先にほんのすこしでも光があれば、それにしがみついて生きていけちゃうのね。

ふふ。人間ってのは、図太いもんよねえ。

第二章

1

涉太はやはり、水なしの浴槽の中にいた。

手足は結束バンドで縛られたままだ。

背中側で手を縛られているため、彼は自分の指を見ることができない。だが彼は知っていた。右手の親指の爪はすでに失われ、指さきに乾いた血が赤黒くこびりついているだけだと、よく承知していた。

——でも、痛みは去った。

それだけはさいわいだった。与えられた鎮痛剤のおかげだ。監禁犯は、約束を守ったのだった。

もちろん剝がされたときは、痛かった。

死ぬ、と思った。死んだほうがましだと思った。

しかし死ぬことはかなわなかった。その証拠に、いま彼はここにこうしている。水も湯も張られていない浴槽に、ボクサーパンツ一枚で縛られて放置されている。浴槽のへりに背を預け、やや膝を曲げた恰好で放心している。

——痛くないのは、いい。

いま一度渉太は思った。次いで爪を剝がされたときの痛みを、まぶたを閉じて反芻した。あの〝声〟に、うながされたあとだ。

——航ちゃんと匠が、おれを選んだ直後のことだ。

ふっと、浴室のガラス戸に影がさしたと思った。

その戸が唐突に開いた。

入ってきたのは、たぶん男だったと思う。だが顔を見る暇もなかった。振りかえる間もなく、首すじにちくりと針の痛みを感じた。

——あれはおそらく、麻酔剤のたぐいだったんだろう。

なんだ？　なにを刺された？　と慌てるうちにも、渉太の意識はみるみる薄れていった。刺されてから気絶するまで、三十秒とかからなかったはずだ。

そうして、ふたたびはっと気づいたとき。

渉太は物置小屋にいた。

借家の庭に建つ物置小屋だ。窓はひとつもなく、厚い扉は閉ざされている。天井には三十ワットの裸電球が灯っていた。

小屋の隅には、家主が置いていったらしい漬物用の樽があった。梅酒を漬ける大きな瓶があった。灯油タンクがあった。

壁にはビーチパラソルや、アウトドア用のチェアが立てかけてあった。どれも渉太たちサークルメンバーが、夏に使うアイテムだ。空気を抜いてたたんだ浮輪もあった。ゴムボートがあった。ほかにはバーベキューの鉄板、ランタン、クーラーボックスがあった。

棚には虫よけスプレー、殺虫剤、ワインの空き瓶、救急箱、電池、除菌用アルコール、錆止めスプレー。割り箸や紙コップ、歯ブラシの買い置きなどが並んでいた。誰かが忘れていったらしいスマホの充電器に、去年買ったスナック菓子、使いかけのコンドームの箱まであった。

(そして)

そして——小屋の中には、航平と匠もいた。

二人とも、渉太と同じく手足を縛られていた。埃の積もった床に転がされ、巨大な芋虫のごとくもぞもぞと蠢いていた。

渉太は二人を見た。

航平の口はガムテープで塞がれていた。やはり渉太と同じく、足の指が切断されている。匠の指も同様だった。しかしその口にテープは貼られていなかった。また彼だけが、下着ではなく成人用のおむつを穿かされていた。

おそらく浴室やトイレと違って、匠の監禁場所では垂れ流しにできないからだろう。滑稽(こっけい)な姿だった。しかし笑いは湧(わ)いてこなかった。

三人は、交互に目を見合わせた。

航平は顔をびっしょり脂汗で濡らし、目を憤怒と焦燥(しょうそう)で燃やしている。

だが匠のほうは、渉太とほぼ同じ瞳をしていた。困惑と恐怖と怯(おび)えと、わずかな諦(あきら)めをたたえていた。渉太は鏡を見る思いだった。

渉太は覚悟した。二人がかりで襲われるのだ、と思った。

だが次の瞬間、航平は唸りながら身をよじり、体の向きを変えた。

航平は扉に肩をぶつけはじめた。どしん、と、重たくて硬いものが建材にぶつかる音が響く。航平が扉に肩を打ちつけるたび、小屋全体が揺れた。どしん。どしん。どしん。

――破れる。

いいぞ、扉をぶち破れるぞ。渉太は確信した。そう信じたかった。

あんなに体格のいい航ちゃんが、身長百八十五センチ体重八十キロの塊が、繰(く)りかえし全力でぶつかっているのだ。こんなちっぽけな物置小屋の扉ごとき、破れないわけがない――と希望を抱いた。

しかし扉は壊れなかった。びくともしなかった。

途中からは匠も加勢(かせい)した。渉太も必死に床を這(は)いずって体勢を変え、両足で何度も扉を蹴(け)った。死にもの狂いだった。

だがもともと頑丈(がんじょう)なのか、それとも補強したのか、一見木製に見える扉にはひびすら入らなかった。

航平は絶えず唸り声を上げていた。だが匠は無言だった。渉太もまた、かすかに呻き、あえぐ以外は無言であった。

やがて、どれほどの時間が経ったのか――。ふと、空気が変わった。

その空気に、匠より先に気づいたのは渉太だった。

視線を感じたのだ。真横からだ。

――航ちゃん。

航平がおれを見ている。そう悟った。

ターゲットを変えた目だった。

扉ではなく、彼はおれに目を移した。ターゲットを移した。

あの忌々しい〝声〟が命じたことを、さきほどの選択を、航平は実行すべく本気で肚を決めやがった——。

渉太は逃げようとした。

しかし手足を拘束された姿では、床の上を無様に這うことしかできなかった。

彼はみみずか尺取虫のように体を屈伸させ、小屋の床で身をくねらせた。あえいだ拍子に、床の埃を吸って咳きこんだ。

いつもならば、数回の咳ごとき屁でもなかった。しかしいま、彼の喉は限界まで渇ききっていた。おまけに足指を四本も切断され、麻酔はとうに切れていた。

渉太は激しく咳きこみ、そのたび体を揺らし、激痛に悶絶した。

咳は止まらなかった。止めたいのに止まってくれなかった。こんなに苦しい咳は経験がなかった、咳がこんなにもきつく苦しいものだとも、はじめて知った。両目から涙がぼろぼろとこぼれた。肺と胸筋が、悲鳴を上げた。

渉太は床の上で動きを止めた。止めざるを得なかった。

その彼に航平がにじり寄る。彼は海老のように跳ねて、渉太にのしかかってきた。

うつぶせの姿勢で、渉太は航平に押しつぶされた。

喉から「ぐえっ」とも「ぐげえっ」ともつかぬ濁声(だみごえ)が洩れた。八十キロの重みで肺が潰れ、さらに咳を誘発(ゆうはつ)した。

苦悶の涙をこぼしながら渉太は咳きこみ、埃だらけの床に頬を擦りつけた。激しい咳は胃を痙攣(けいれん)させ、吐き気をもたらした。

渉太は床に少量の胃液を吐いた。つんと酸(す)っぱい、不快な臭いが立ちのぼる。

しかし航平はひるまなかった。呻き、唸りつづけていた。その唸りが匠に向けたものだと、渉太が気づいたときには遅かった。

匠はようやくわれに返り、航平の意を汲(く)もうとしていた。航平の望むままに動こうとしていた。扉は破れない。ならば、〝声〟が命じたとおりのことをしようと。命令を実行し、せめて鎮痛剤と抗生剤を手に入れようと肚(はら)を決めつつあった。

渉太は絶叫した。

「やめてくれ」と叫んだ。「友達だろう」と哀願(あいがん)した。

「なんでもする」とも、「覚えてろ」とも怒鳴(どな)った気がする。

匠はかまわず這いずってきた。彼の姿は渉太の視界からはずれていた。だが気配と、音とでわかった。

航平は全体重を乗せてのしかかり、渉太を押さえていた。

渾身の力で渉太は暴れた。だが体勢が不利すぎた。撥ねのけることはできなかった。手首に、匠の吐息を感じた。

「やめろ」

渉太はいま一度叫んだ。「やめてくれ」と。

しかし匠は指に嚙みついてきた。彼の歯と、なまぬるい舌を感じた。指さきが匠の唾液で濡れた。ぞっとするような感触だった。

渉太にはわかっていた。匠がなにをしようとしているか、自分がこれからどうなるか、手に取るように理解できた。

自分の胃液が臭った。自分の脂汗が、航平の汗と混じりあってぬるぬると粘った。

「やめ――……！」

喉から叫びがほとばしった。

匠の歯で己の親指の爪が剝がされていくのを、渉太はまざまざと感じた。

しかも匠は、下手だった。ひと息に剝がしてはくれなかった。彼が息継ぎし、渉太の爪をふたたび歯で剝がしにかかるたび、渉太はひいひいと泣き、床によだれと苦い胃液を吐いた。

耐えがたい激痛だった。痛覚を紙やすりでごりごり削られている気がした。指さきは神経の束だという言葉を、文字どおり彼は痛いほど思い知った。

　子どもの頃、祖母宅の柿の木から落ちて腕を折った。あの痛みをはるかに超える激痛だ。なのに失神できないのが、自分でも不思議だった。

(やめてくれ、ああやめてやめてくれ死ぬ。死んでしまうおれは)

――死んだほうがましだ。

(死ぬ死にたい。こんなに痛いのなら痛むのなら痛いのがつづくなら、いっそ殺してくれ。死んだほうがましだ死にたいいっそ殺してくれ)

――待て、違う。

(いやだいやだいやだあああ殺してくれおれを誰かひとおもいに殺して)

――違う。

　いやだ、死にたくない。

――死にたくない死にたくない死にたくない死にたくない。

　相反する感情が、脳の中でシグナルのように瞬く。「死んだほうがましだ」と「死にたくない」が交互に点滅する。

「死んだほうがましだ」は真っ赤なシグナルだった。「死にたくない」はあざやかなエメラルドグリーンだった。二つのライトが、激しくせわしなく交互に瞬く。

　その間隔が次第に狭まり、短くなり、赤とグリーンがほとんど溶け合うまでに接近した頃

——。

ようやく限界が訪れた。

渉太の意識はぶつりと途切れた。

次に目覚めたとき、渉太はもとの浴室にいた。

まず感じたのは、痛みだった。次いで顔面のこわばりを知覚した。汗と涙と洟と胃液がこびりついたまま、皮膚の上で乾いたせいだ。だがもはや悪臭は感じなかった。嗅覚が麻痺していた。

(痛い)

三人はふたたび麻酔のたぐいを注射され、物置小屋から引きずり戻されたらしい。その効果が切れ、痛みで渉太は目を覚ましたのだった。

しかし不幸の中には、ちっぽけなさいわいもあった。

覚醒し、何度か目を瞬いたのち、渉太はそれに気づいた。

浴槽のへりだ。ペットボトルのキャップが三つと、白い錠剤が二つ並んでいた。

しばし凝視し、渉太はペットボトルのキャップに、それぞれ水が満たされていると気づいた。

——水。

（水だ水水水水水水水だ水）

渉太は必死で首を伸ばした。一番手前のキャップに口を付け、啜った。

水が口内に流れこんでくる。

甘い、と思った。水が甘い。こんな美味いものがこの世にあったのか、と思った。全身の細胞（さいぼう）が生きかえる気がした。

たったキャップ一杯の水だった。だが渇ききってごわごわした舌を、内頬に粘りつく歯茎（はぐき）や上顎を、ひりつく痛みさえ訴えていた喉を、水は一瞬で潤（うるお）した。口腔（こうこう）のすみずみまで染みわたった。

乾いたスポンジと化した舌が、水を得てふくらむ。じゅわっと音をたて、もとの舌に戻っていく錯覚（さっかく）さえ浮かんだ。

渉太はさらに首を伸ばし、二つ目のキャップに口を付けた。

今度はすこし余裕があった。ゆっくりと吸い、口中に溜めてから飲んだ。すぐ飲んでしまうのが、もったいなかった。

水が喉を通り、食道を通って、胃に落ちていく。まざまざと感じた。

丸めた紙のように皺（しわ）ばんで縮こまっていた胃が、舌と同様、水分をもらって本来の胃に戻っていく気がした。ほんのわずかな水でも、あるとないとでこれほど違うのか、と彼は驚嘆(きょうたん)した。

渉太は舌を伸ばし、キャップの底の底まで舐めた。くわえて、しゃぶった。屈辱(くつじょく)は感じなかった。みっともないとすら思わなかった。

上体を折って近づき、三つ目のキャップに嚙みつく。

慎重に歯で引き寄せた。一滴たりともこぼしたくなかった。啜り、舐めるようにして飲んだ。歓喜(かんき)で両の目が潤んだ。

三つのキャップを舐めつくして、ようやく意識が錠剤に向いた。

——きっと、鎮痛剤と抗生剤だ。

意識した途端、てきめんに痛みがよみがえってきた。

いや違う、さっきまでだって痛かった。死ぬほど痛んでいたのだ。

なのに水を見た瞬間、水以外のすべてが頭から吹っ飛んだ。渇きはときに、痛みすら凌駕(りょうが)するのだと渉太は思い知った。知りたくなかった知識であった。

さきほどもしたように渉太は上体を折り、首を伸ばし、舌で錠剤を引き寄せた。

口に入れ、嚙んだ。がりがりと嚙みつぶした。

嚙んで粉々にしたほうが、効きが早い気がした。

薬はどちらも、おそろしく苦かった。だがいまはその苦さが嬉しかった。これほど苦いんだから、きっと効くに違いない、と思えた。

(なんの薬だろう。ロキソニン？　ペニシリン？　フロモックス？　イブプロフェン？　アセトアミノフェン？)

鎮痛剤の名や種類が、知っている限りせりあがってくる。だがその中のどれだろうと、おそろしく効く薬だった。彼は目を閉じ、奥歯を嚙みしめた。

数をゆっくりと五十数える。四十に達する前に、痛みの波が徐々に、だが確実に引きつつあった。肌で感じた。

その代わり、頭が朦朧(もうろう)としはじめた。

思考に靄がかかる。ふわふわと意識が浮きあがっていく。奇妙な幸福感さえもたらす、うすら甘い靄であった。

そうしていま、渉太は浴室にいる。

右手親指の爪を失って、しかし激しい痛みは感じることなく、水のない浴槽に足を伸ばして座っている。

——またいつか、水をもらえるだろうか。

ぼんやりと渉太は思った。

ここに自分たちを監禁したのが誰なのか、渉太は知らない。目的もわからない。何人いるのか、なにを得ようとしているのか見当すら付かない。

——どうだっていい。問題は、また水をくれるかどうかだ。

浴槽のへりに額を付け、渉太は思った。

監禁犯に気に入られたい、と願った。彼か彼女かわからないが、とにかく犯人に好かれたかった。言うことを聞いていれば、好きになってもらえるだろうか、と考えた。

失くした爪と、足の指のことは、強いて頭から追いだした。

「……なんでもする」

渉太は口の中でつぶやいた。

監禁犯に気に入られたい。好かれたい。また水をもらいたい。

そのためならなんでもする、と。

2

高比良たちが次に向かったのは、木戸紗綾がアルバイトしていたイベント会社であった。

会社の支店長は軽薄そうな口髭を指で擦って、

「驚きましたよ。まさかあの木戸さんがねえ。いや、テレビじゃなくネットニュースで観たんです。木戸紗綾って、あの木戸紗綾さん？　と何度も読みなおしました。……ほんと、物騒な世の中になったもんです」

とため息をついた。

ちなみに各ニュースでは、「被害者の木戸紗綾さん（20）は数日前から行方がわからなくなっており、十二日の夜に遺体が発見された」とのみ報道された。外傷性ショックで心臓が止まるほど殴打された、とは知るよしもない支店長は、

「物騒だ、ほんと物騒。日本はどうなっちゃうのかな」

とかぶりを振るばかりだった。

「では質問させてください」

高比良は手帳をひらいた。

「御社はイベント会社だそうですね。学生アルバイトというのは、具体的にどういった業務に携わるんでしょうか？」

「え、あ、はい」

支店長はわれに返ったように首肯した。

「うちはスポーツの試合や、同じくスポーツチームのファン向けイベント、企業セミナーな

んかがメインですね。学生バイトには会場設営、チケット販売、グッズの売り子、警備などをお願いしています」

「では木戸さんが従事したのは？」

「彼女は販売が主でした。ルックスがいいのでね。裏方ではなく、表に出てもらっていました」

「そうですか。では木戸さんがスタッフとして参加したイベントを知りたいです。一覧をいただくことは可能でしょうか？」

「すこしお待ちください。プリントアウトさせます」

振りかえって、事務スタッフに指示を飛ばす。支店長は高比良に向きなおると、

「いい子でしたよ」と言った。

「うちみたいな社には、うってつけの子でした。もう死語かもしれませんが、ほら、若者の間でいっとき〝陰キャ〟とか〝陽キャ〟って言葉が流行ったじゃないですか」

「はあ」

よくわからないながらも高比良はうなずいた。支店長がつづける。

「その〝陽キャ〟の代表格みたいな子でした。スクールカーストの上位っていうのかな。ハリウッド映画の学園ものだったら、チアリーダーとかやってそうなタイプです。ああいう子

が一人いると、フロアの活気が違いましたね」

「なるほど」

納得して高比良は相槌を打った。そう説明してくれれば、流行に敏くない彼にも理解できる。

つまり木戸紗綾は、女王蜂タイプだったということだ。サークルの部長や元彼の口を介するより、よほど直截に伝わってきた。

——女王蜂。

「木戸さんのまわりで、最近なにかトラブルはありませんでしたか？」

工藤が問う。

支店長は首を横に振った。

「ありませんよ。そんな、殺す殺さないの騒ぎになるような……」

「いえ、そこまでいかずともいいんです。トラブルの芽になるような兆候はなかったか、とお訊きしたいだけです。木戸さんの人となりも知りたいですし」

「兆候ねえ……」支店長は気を取りなおして、

「まあそりゃ人間ですから、生きてりゃ誰かと衝突することくらいあるでしょう」と言った。

「ほう。木戸さんは誰かと衝突したんですか？」

「いやいや、さっきも言いましたけど、彼女はいい子でしたよ」

工藤のかまかけに、支店長は手を振った。

「愛想がよくて、機転も利いてね。彼女を売り子に立たせると、そのレーンだけ売り上げがダンチでした。なにしろ華やかな子でしたから。――ただねえ」

「ただ？」

「ちょっと、ほんのちょっとですよ。酒癖がよくなかったかな。うちみたいなイベント系は区切りごとに必ず打ち上げの飲み会をやるんですがね。木戸さんは飲みすぎると、こう……羽目をはずしがちでしたかね」

「羽目をはずすと、具体的にどうなったんです？」

「うーん……」

支店長は言いよどんでから、

「まあなんだ、ほら、木戸さんは美人でしたから。酔うとね、男をその気にさせちゃうところがあったんですよ。彼女には、そのつもりがなくてもね」

と鼻の頭を掻いた。

「魔性系ってやつですか」

高比良はわざとくだけた物言いをした。

「そういうことです」支店長がへらっと笑う。

「じつは彼女をめぐって、二人ほどスタッフが辞めちゃってね……。ああいや、いいんですよ。そうでなくたって、バイトの子は入れ替わりが激しいんですから。だからべつに、木戸さんのせいと言いたいわけじゃ――」

支店長から「辞めた二人」の情報と、紗綾が参加したイベントの一覧表を受けとって、高比良たちは捜査本部に帰署した。

時刻はすでに午後七時を過ぎていた。

主任官の合田に、真っ先に報告を果たす。

「ふうむ。ストーカーは男じゃなく、その立石繭って子のほうだったか」

顎を撫でる合田に、高比良は言った。

「羽田の言葉を全面的に信用はできませんから、むろん裏は取りますがね。しかし羽田は小物で、コロシができるタマじゃあないのは確かです。それにやつは、誰が見たってマル害に未練たらたらです」

工藤が口を挟んだ。

「立石繭があやしいとしても、撲殺という手口からして、彼女本人が手をくだしたとは思えません。しかし永学出身者なら、裕福なお嬢さまでしょうから……」

「……金で人を雇える」

合田がつづきを引きとった。

「死体が発見された日に旅行ってのも、わざとらしいアリバイだしな。高比良、おまえはこれからどうしたい？」

「希望としては、立石繭の線を追いたいです」

高比良はきっぱり言った。

「マル害と立石繭は、学年は違えど中高と同じ学校でした。どうも立石繭は、羽田をめぐって揉める前からマル害を意識していたようです。中高時代の立石繭と、マル害を追ってみたいですね。当時のマル害の〝元彼〟とやらも気になりますし」

「ああ。〝評判のよくなかった、瀬尾なんとか〟か」

「そうです。バイト先の揉めごととやらにも気は惹かれますがね」

「どうもマル害は色恋関係でごたつくタイプのようだな。まあ、若い女なら珍しかぁないが」

合田は膝を叩いた。

「よし、考えておこう。――夜の捜査会議は予定どおり九時からだ。それまでメシでも食いながら、いまの報告をまとめとけ」

午後九時六分。

照明を落とした一階会議室で、木戸紗綾の死体検案書の報告がはじまった。

司会は前回と同じく捜査課長であった。

「――左前頭部に二×三・五センチの挫創、左側頭部に二×二センチの挫創あり。右側頭部に三センチの挫創あり。顔面、胸部、腹部、大腿部、背面、臀部に無数の打撲痕および挫裂創あり。骨折部位は頭蓋骨のほか、下顎骨、鼻骨、頰骨、眼底骨、鎖骨、胸骨、肋骨、尺骨、仙骨、座骨、大腿骨、腓骨に見られました」

正面のスクリーンに、現場で撮影された鑑識写真が次々と映しだされていく。

背景はあざやかな緑が広がる林道だ。ブルーシートが広げられ、その下から女性の足が覗いている。

「また右眼球の破裂、左耳殻の断裂、上下の中切歯を含む六本の歯が粉砕。折れた肋骨の一部が左肺に刺さり、裂傷を成していました。創が多く直接の死因は特定できませんが、おそらくは外傷性ショックによる心停止と推測されます」

スクリーンに映る足は青みを帯びた白で、ふくらはぎに死斑が生じていた。

「創の九割に生活反応が見られ、生前に付けられたものと推定できます。性的暴行の痕跡なし。陰部損傷なし。体液の検出なし。指紋や皮脂、毛髪、爪の間に残存する組織や微物なども未検出です」

ブルーシートが剝がされ、木戸紗綾の遺体が大写しになる。

生前の面影をまったくとどめぬ、殴打で腫れあがった顔であった。

「胃の内容物はわずかな水と胃液のみ。死亡推定時刻は死斑や角膜(かくまく)の混濁(こんだく)などから見て、十二日の午前七時から九時の間です。中毒物質に関しては分析検査中。現場周辺で採取された微物についても同様です」

次いで創のひとつひとつを拡大したのち、映像は終わった。

照明がともった。

捜査課長が声のトーンを下げる。

「えー、遺体に掛けられていたブルーシートですが、ホームセンターなどで購入できる大量生産品であり、また中古品でした。特定は不可能ですが、金具部分の錆や縁(へり)のほつれからして、すくなくとも二年以上は使用したものと思われます。この林道は工事資材の不法投棄などでたびたび問題になっておりまして、犯人が投棄品を流用した可能性が考えられます。明瞭(めいりょう)な新しい指紋は、とくに採取できませんでした」

つづいて第一発見者のカップルの身元が報告された。

男女ともに、都内の商社に勤める二十代の会社員だという。紗綾とは接点なし。生活圏などに重なりはなく、前科や非行歴もなし。

車は男性会社員名義のセダンだった。任意で積載物(せきさいぶつ)や所持品を確認したが、やはり紗綾との繋(つな)がりは浮かばなかった。

「なお被害者のスマートフォンからは、いまのところアドレス帳アプリの登録者、LINEなどSNS(エスエスビーシー)の履歴、ブラウザアプリを用いての検索および閲覧履歴、通話履歴などが確認できています。これらの交友関係は一覧にし、敷鑑班用の資料といたしました。またスマートフォン本体は捜査支援分析センターに引き渡し、さらに詳細な解析を依頼中です……」

会議の最後に、あらためて捜査方針が発表された。

高比良たち敷鑑二班は希望どおり、木戸紗綾と立石繭の中高時代——永仁学園中高等部時代の二人を追うと決まった。

「ひとまず今夜は帰ろう。きみもゆっくり休んでおけ」

高比良は工藤にそう声をかけた。

「明日からは、いつ帰宅できるかわからん。いまのうち、楽しいわが家をたっぷり満喫(まんきつ)しておこうや」

3

涉太は夢を見ていた。

鎮痛剤の眠気がもたらす、とろりと濃い乳白色の夢だった。その白い靄をかき分けていくと、中学時代の教室があった。

永仁学園中等部三年C組の教室である。

「……ここはテストに出しますよ。必ず出すから、覚えておくように……」

当時の担任教師の声がする。

あの頃の彼は、おそらく四十代なかばだったろう。だが薄い頭髪と、奇妙につるりとした顔のせいで年齢不詳だった。担当教科は国語である。

「えー、ここに出てくる〝代赭色〟というのは、赤錆のような濁った色を指します。主人公の堀川保吉は芥川の分身であって、ほかの小説にも何度か登場しますね。いわば『保吉もの』なる一ジャンルと言えるかと……」

涉太は後ろから二列目の席にいた。

窓際だ。まぶしいほどの陽光が左側から射しこんでいる。光の帯の中で、こまかい埃が降るように踊っている。

日焼けしたカーテンはまとめられ、プラ製のリングで留められていた。布の端が、風ではためく。

「この短編は芥川の自伝的小説です。海は青いか、それとも代赭色か。一概には決めつけられない、という話ですね。沖合を見れば青い。岸近くを見れば代赭色をしている。どちらも同じ海ではあれど……」

渉太の隣は匠だ。そして匠のすぐ後ろが、航平の席である。

当時から目立って大柄な航平は、つねに最後列だった。何度席替えしようともだ。くじで前列の席を引き当てようと関係なかった。「替わってくれよ」と航平が一言いえば、拒む者などいなかった。

——だから、いつも同じような席だった。

渉太はぼんやり思う。

——航平が最後列。さらにその近くの席に、匠とおれが集まる。

そういう決まりだった。無言のルール、不文律というやつだ。

——なぜっておれたちは、スクールカーストの最上位だったから。

そして男子生徒のトップオブトップスである航平は、同じくトップの女子生徒と付き合っていた。

(紗綾)

(木戸紗綾。チア部の女。目立つ女だった。男子の憧れだった)

「えー、対象は同一でもとらえる角度が違えば、見えるもの、感じるものが異なって当然なのであります。主人公は自分が感じたとおり、海を代赭色に塗る。しかし彼の母親はそこを理解せず『海は青いものだ』と絵を破り捨ててしまう。いますねえ、こういう親。わたしはこういう親はどうかと思いますが……」

担任教師の話は次第にそれていく。

生徒をろくに見もせず、しょっちゅう授業を脱線させる教師であった。その日もやはり、彼は黒板に向かってぶつぶつと話しつづけていた。

渉太は隣の匠を、ちらりと見やった。

匠は教科書の陰に隠したスマートフォンに見入っていた。液晶には、ダウンロードしたらしい今月のメンズファッション誌のデータが映っている。

さらに視線を移動させ、渉太は航平を見た。

航平は椅子にそっくり返り、腕を組んで目を閉じていた。眠っているのかもしれない。だが教師は、注意ひとつしない。

航平のすぐ隣には、木戸紗綾がいる。

きれいにネイルされた爪が仄赤い。自慢の髪はカーディガンの胸まで届いている。やはり授業を聞いている様子はなかった。しきりに枝毛を気にし、見つけてはちいさな鋏でカットしている。切った髪は、無造作に机の下に払い落とされる。

その二列前には、里見瑛介がいた。

いかにもスポーツマンらしい濃い眉に、日焼けした肌だ。しかし中等部三年の時点で彼は帰宅部だった。バドミントン部を、二年のなかばで辞めていた。

(おれはこいつが、あまり好きじゃなかった)

(でもなぜか航ちゃんが、瑛介を仲間に引きこんだ。誰が見たって瑛介は紗綾に気があったのに、なのにこんなやつをわざわざ)

——でも航平は、そこが面白かったのかもしれない。

二十一歳の渉太はそう思う。

瑛介は紗綾に気があった。でも紗綾のほうは、瑛介に見向きもしなかった。

それが愉快だったのかもしれない。自分を脅かさない安全牌をはべらせることに、航平はおそらく残酷な愉悦を感じていた。

（航ちゃんはそういう男だ）

（子供っぽいほど悪趣味。怖いもの知らずで怖いものなし。だって彼には匠が付いている。そして匠の後ろにはお偉い金持ちの親が）

（でもあのときはたぶん、たぶんそれだけじゃなかった。瑛介の親友が）

「えー、本を読まないきみたちでも、〝芥川賞〟なる文学賞の存在くらい知っているでしょう。この文学賞に芥川の名を冠したのは、彼の盟友である菊池寛です。去年習った『父帰る』の作者ですね。作風はかなり違えど、芥川龍之介と菊池寛は、どういうわけか仲がよかった」

（友情）

（盟友）

「とくに芥川は、菊池を兄とも慕っていたようです。前述のとおり芥川は、人間の主観を疑うシニカルな人物でした。彼のような人が、男の友情を信じていたというのはどうにも意外ですけれど……」

（友情）

（男の友情）

渉太は、さらに視線を移動させていく。

里見瑛介の隣を見やる。

「芥川は自殺する際、妻だけでなく菊池宛てにも遺書を残したそうです。また自殺の前に、二度菊池を訪ねている。菊池が多忙だったため、残念ながら二度とも会えなかったようですがね。それほどに特別な盟友だったんでしょう。また芥川の葬儀で、菊池は後世に残る弔辞を読み……」

瑛介の隣の席。

隣の。隣の――。

――隣の生徒。

涉太は目を覚ました。

状況はひとつも変わっていなかった。彼はやはり下着一枚で、浴槽の中にいた。

足の指は四本失われ、右手の親指の爪を剝がされていた。

――また、痛んできた。

涉太は眉根を寄せた。

傷口がふたたび痛みはじめている。まだ〝ずきずき〟のレベルではない。だが脈に合わせて、鈍い〝ずくずく〟に変わりつつある。

――鎮痛剤が切れかかっているんだ。

渉太は緩慢に首をめぐらせ、浴室を見まわした。やはりなんの変化もない。

――いまは何日で、何時なんだろう。

拘束されたのは八日の夜だった。あれから、いったいどのくらい経ったのだろう。体感では一月以上経過した気がする。しかし実際はどうなのか。

二日やそこらか？　それとも四、五日？

薬で眠らされては起きて、を繰りかえしているせいで、皆目わからなかった。

――誰か気づいてくれ。

そう祈った。

誰でもいい。おれたちがいなくなったことに気づいてくれ、と。

親も仲間たちも後輩も、おれたちが大阪旅行していると信じて疑わないのか。監禁犯によるＬＩＮＥの返事やＳＮＳの更新に、誰も違和感を覚えないのだろうか。

そんな馬鹿な、と思う。

だがその反面、「気づかれなくても無理ないか」とも思う。

だってＬＩＮＥの返事は、たいてい定型文かスタンプだった。ＳＮＳは画像の投稿がメインだった。まめに返事し、まめに更新さえしていれば、疑いを抱く者などなくて当然かもしれない。

――それならせめて、誰か来てくれ。

渉太は目を閉じ、念じた。だが理性ではわかっていた。望み薄だ、と。

この借家の付近には誰も来ない。近寄る者などいない。なぜって、

「静かなこと」

「どんなに騒いでも、近隣から苦情や通報の恐れがないこと」

を条件に、永学ＯＢと航平たちが選んで契約した借家だからだ。

管理会社には、夏の間は来ないよう頼んである。「巡回も管理も掃除もしなくていい。自分たちでやるから」と通達してある。

新聞は当然取っていない。ここを郵便の送付先に指定する者もない。宅配便も頼んでいない。

頼みの綱は、スマホとアウディのＧＰＳくらいだ。しかし荷物を監禁犯に押さえられた以上、ＧＰＳはとうに切られただろう。

――パソコンを遠隔操作設定できるやつが、ＧＰＳに思い至らないわけがない。

渉太は無意識に唇を舐めた。だが口中は乾ききっていた。

舌がふたたび干上がり、倍にも膨れあがったように感じる。ごわごわしたなにかで、紙か

布をなぞったような感触だった。自分の舌なのに、口中で異物感を覚えた。

（薬。薬薬薬。このまま薬が切れたらどうなるんだ）

（またあんな痛みが。あんな激痛が。今度こそ耐えられないかもしれない。おれは気が狂ってしまうかも、それともショック死）

――いやそれより、もっと怖いのは。

もっと恐ろしいのは、監禁犯が渉太たち三人を置いて帰ってしまったのでは――という懸念だった。

（もし身代金目的じゃなかったら？）

（おれたちを苦しめて痛めつけて、ただ楽しんだだけだったとしたら？）

（その証拠に、やつらはあれきり姿を見せないじゃないか）

（やつらはもう帰ったかもしれない。いなくなったかもしれない。おれたちはやつらを満足させられなかった。おれたちが面白い見世物じゃなかったから、だから）

「うう」

唇から、呻きが洩れた。

首を垂れ、渉太はすすり泣いた。

見捨てられたかもしれない――。その恐怖が胸を浸していた。

監禁犯は三人を拘束し、足の指を切断した。仲間の爪を剝がすよう命じた。三人を渇きと痛みのどん底へ突き落とした。

鬼畜そのものの所業であった。なのに渉太はいま、犯人に見捨てられることがなにより怖かった。

——だってあいつがいなきゃ、誰が鎮痛剤をくれるんだ。

——誰が水を、抗生剤をくれるって言うんだ。

ここに打ち捨てられたら、おれたちは渇き死ぬか、餓死するかだ。とにかく死ぬしかあるまい。

水なしで人間が何日生きられるのか、その知識を渉太は持たない。しかし一週間と持たないだろうとは想像できた。

——死にたくない。

救いを求め、渉太はぎょろぎょろと目を動かした。そして、ふと己の足もとに目を落としたとき。

渉太は息を吞んだ。

浴槽の排水口だ。薄黒い穴から、得体の知れない虫が這いのぼりつつあった。

それは赤黒く、蛭に似た色をしていた。形状はみみずによく似ていた。だがみみずの三倍ほど太く長く、おまけに無数のこまかい足が生えていた。

はじめて見るたぐいの虫だった。毒があるのでは、と渉太は思った。いや毒がなかったとしても、触れるのは御免だった。

ひいっ、と短い悲鳴を上げ、渉太は足を浮かせた。

彼は虫が苦手だった。

芋虫も、ゴキブリも、みみずも、蜘蛛も、鱗粉を撒き散らす蛾も駄目だった。足のないものも、足のありすぎるものも等しく嫌いだった。

名も知れぬ虫は、浴槽をうねうねと這っていた。

渉太の全身が、生理的嫌悪感で粟立つ。彼は身をよじり、ひねった。虫からすこしでも遠ざかろうと、浴槽の中で体をくねらせた。

「ちょ、ちょっ、待っ……」

滑稽だ、と思った。

おれは監禁され、体の一部を切断される拷問を受けている。渇きと痛みに苦しんでいる。生命の危機に瀕している。

——なのにいまさら、こんな虫一匹に大騒ぎしている。

第三者から見れば、愚にも付かぬ光景だろう。だが、どうしてもあの虫に触れたくなかった。渉太は浴槽の内側に背と足の裏を押しつけ、できる限り体を浮かせた。

薬の効果が完全に切れれば、つづけられないだろう体勢だ。わかっていた。しかしそうせずにはいられなかった。

渉太は涙ぐんだ。喉の奥がぎゅっと縮まった。

(あああロニー。ロニーどこにいるんだロニー)

そう脳裏で叫んだ瞬間。

置きっぱなしのノートパソコンがともった。

スリープから覚めたのか、ぱっと画面が明るくなる。同時に、あの無機質な〝声〟が響いた。

「やあ。おはよう」

——見えているのか。

浴槽の中でそう身がまえてから、「馬鹿か」と渉太は自嘲した。

当然だろう。ノートパソコンのカメラで監視しているに決まっている。パソコンのモニタが消えているときでも、カメラは生きているのだ。

画面は三分割され、それぞれに航平、匠、渉太が映っていた。

映りこむ背景は変わっていない。航平はやはりトイレに、匠は押入れに監禁されている。

二人ともぐったりとうなだれていた。目の下が黒ずんで、心なしか頬がさらに痩けている。

しかし渉太は場違いにも、すこしほっとした。

——置いていかれたのではなかった。

まだ監禁犯はおれたちに興味がある。見捨てられてはいない——。そう思い、安堵で胸を撫でおろした。

「三人とも、起きましたね」

無造作に〝声〟が告げた。

「ちょうど正午です。ランチの時間にしましょう」

渉太は耳を疑った。

きっと空耳だ、と思った。食事？　まさか。自分の願望が幻聴を聞かせたに決まっている、と。

——この犯人が、おれたちに食事まで恵んでくれるなんて。

あり得ない。空耳にしたって残酷だ。馬鹿げてる。くだらない期待を抱くな。そう己に言い聞かす。

しかし幻聴ではなかった。

その証拠に、浴室の引き戸が音をたてて開いた。

入ってきたのは、上下黒のスウェットを着た男だった。歳の頃はわからない。若いか中年かも不明だった。中肉中背だ。

男は顔に、夜店の屋台で買うような安っぽい面を着けていた。どぎついピンク色をしたうさぎの面である。なにかのアニメ発だろうか、ＬＩＮＥのスタンプで見覚えのあるキャラクターであった。

渉太の鼻さきを、美味そうな匂いがかすめた。

男は両手にトレイを持っていた。

渉太がどう首を伸ばそうが届かない距離にしゃがみ、彼はトレイで運んできたものを、浴槽のへりにゆっくり並べはじめた。

ひとつは乳児が使うような、プラスティック製で蓋付きのコップだった。太いストローが蓋に挿してある。

次には、同じくプラスティック製のボウル皿が置かれた。芳香はその皿から漂っていた。コーンスープの香りだ。

おそらくインスタントだろうが、かまわなかった。からからだったはずの口に、わずかながらも唾液が滲んでくる。喉がひとりでに、ごくりと鳴った。

最後に白い錠剤が置かれた。鎮痛剤に違いなかった。渉太が待ちに待った――いや、焦がれていたものだ。目の奥が熱くなった。

男は立ちあがり、無言で出ていった。

涉太は唸りもせず、睨（にら）みもせずに男をただ見送った。

反抗する気力はなかった。水。スープ。薬。その三つで思考は占（し）められていた。いますぐその水を啜り、スープを舐め、鎮痛剤を嚙みくだくことしか考えられなかった。

涉太は浴槽の中で身をひねり、ストロー目がけて首を伸ばしかけ、気づいた。

――そうだ、虫。

例の赤黒い虫。

みみずのような百足（むかで）のような、蛭のようなそれはまだ浴槽を這っていた。

やけに太く、体長は七、八センチほどあった。無数の足をざわざわと規則正しく動かして、這い進んでいた。

（水水。水が飲みたい。ああでもあの虫、虫が）

涉太は喉の奥で、短く呻いた。

4

一夜が明けた。

朝の捜査会議を終えた高比良は工藤をともなって、予定どおりに永仁学園高等部の職員室へと向かった。

「ええ。木戸さんの訃報は新聞で知りました。ほんとうに、まさかという気持ちです。身近でまさか、こんなに怖い事件が起こるだなんて……」

紗綾の元担任は、そう声を詰まらせた。

元担任は四十代前半の女性教諭であった。普通科英語国際コースだった紗綾を、三年次の一年間受けもったという。

「永仁学園高等部には、いくつ学科コースがあるんです?」

高比良はまずそこから尋ねた。

「えー、普通科文理コース、普通科文理特進コース、普通科英語国際コース、スポーツ科学コースの四つです。たいていの生徒は特進なしの文理コースですね。他大学を受けたい子は特進コース、留学希望の子は英国コース、スポーツ特待生はスポ科コースといったふうに分かれます」

ちなみに普通科文理コースは一学年につき三クラスで、あとのコースは一クラスずつの編成になるそうだ。

「ということは木戸さんは、留学を希望して英語国際コースに進んだんですね。留学は、実際にされたんですか？」

「はい。えー……一年時のゴールデンウィーク明けから、翌年三月までの約十箇月間です」

資料のファイルをめくりながら、元担任は答えた。

「行き先は？」

「トロントです。交流協定校がありますので」

「なるほど、協定校ね。ところで、一年時で留学する生徒というのは多いんでしょうか？」

「全体の二割ほどだと思います。二年に上がってから三箇月ほど行く子が一番多くて、それが五割ほどですね。残りの三割弱は、半年以上の長期留学を選びます」

「では木戸さんは、少数派に属した？」

「彼女は、なにごとにも積極的な生徒でしたから」

元担任は自分の言葉にうなずきながら、

「自分のやりたいことを、やりたいときにやる。そういうタイプでしたよ。きっと入学当時が、一番希望に燃えてたんじゃないでしょうか」

と言った。

「先生から見た木戸さんは、どういった生徒でしたか？」

「さきほども言いましたように、積極的で明るい子でした。華やかで、どこにいても目立ちましたね。でもそれが、かえってよくなかったのかも……」

「どういう意味です」

高比良は聞きとがめた。元担任がわずかにまごつく。

「つまりその、変質者の目に付きやすいというか、勝手に思いを寄せてストーキングするような男性を、引き寄せがちだったのかもしれません。美人というのは、あながちいいことばかりじゃありませんから……」

「では、変質者の犯行だったとお考えで？」

「いえ。わたしの考えや意見なんて参考にもならないでしょう。それに人殺しなんて、普通の人間の思考じゃあ推しはかれませんもの」

——いや、そうとばかりも言えませんがね。

高比良は内心だけで反駁した。

あえて口に出しはしない。しかし一見〝普通の人〟が殺人にいたった事件を、彼は数限りなく見てきた。

かっとなって刺殺。金を返してくれなかったからと殴殺。自分から逃げた妻子を追って撲殺。酒に酔い、同僚女性を性的暴行したあげくに絞殺。

どいつもこいつも、普通に社会生活を営んできた一般人だった。家族があり、帰る家があり、定職があった。

——それでも〝魔の時間〟は唐突に訪れるのだ。

人が人を殺めるにいたる、逢魔が時というやつが訪れる。動機があり、条件が揃い、きっかけさえあれば、どんなに真面目な堅物だろうと人は人を殺せる。

気を取りなおし、高比良は問うた。

「木戸さんの在学中に、なにかトラブルはありませんでしたか？」

「とくになかったと思います。彼女はクラスの中心人物でしたから、そういった位置にいませんでしたし」

「そういった位置、とは？」

工藤が訊いた。

元担任は「ええと、どう言ったらいいんでしょう」と首をかしげてから、

「なんというか、要するに……女子生徒同士って、アレがあるじゃないですか」

と言った。

「アレとはなんです？」

「まあ喧嘩とまでいきませんが、グループ内でのちょっとした無視だとか、仲間はずれとかです。十代の子はよくやりますよね。でも木戸さんはリーダー格でしたから、そういう対象

にはなりませんでした」

「仲間はずれにされる側ではなかった、と？　つまり彼女は仲間はずれに〝する〟側だった？」

「いえ、そんな。そういう意味じゃありません」

元担任は急いで首を横に振った。

「高等部ともなると、みんな大人ですからね。いじめみたいな真似はしやしません。ただ、その、ほんの一、二週間くらい無視というか、しゃべらない期間があるだけです。それが過ぎると、またもとのように仲良くする。そういうものですよ。どういうわけか華やかな女子グループほど、そういった行為に走りがちですね。たぶん十代特有の、大人になるための通過儀礼的な……」

元担任は早口になっていた。制するように高比良は訊いた。

「すみません。もしかして、先生も永学の出身者でいらっしゃる？」

「え？　はい。そうです。よくおわかりですね」

元担任がきょとんと彼を見かえす。

どうやらこの元担任も〝十代特有の通過儀礼〟とやらを、われとわが身で実践してきた口らしい。これ以上彼女から有益な情報は引きだせまい、と高比良は確信した。

その後、高比良たちは立石繭の元担任からも話を聞いた。

しかし紗綾との繋がりは、とくに浮かんでこなかった。


次に会ったのは、木戸紗綾が所属していた女子ダンス部の元顧問であった。

元顧問は五十代なかばの厳しい顔つきをした女性教諭で、

「訃報は聞きました。ご遺体はまだ警察におありなんでしょうか？　でしたら、ご葬儀はすこし先になるんでしょうね……。ええ、参列する予定です」

とまぶたを伏せた。

「木戸紗綾さんは、部活ではどんな生徒でしたか？」

「巧い子でしたよ」

即答だった。

「ルックスもよかったから、おおむねセンターを任せていましたね。幼い頃からバレエをやっていただけあって、基礎ができていました。親御さんも熱心でいらしたし」

「熱心とは、具体的にどういうことです？」

「まあ私立ですからね」と顧問は前置きして、

「寄付ですとか送迎当番ですとか、各役員ですとか。まあいろいろあるんです」

とひかえめに認めた。

「なるほど。ではセンターだの端だののポジション取りに、親御さんの貢献度がおおいに関係するわけだ」

「それはもちろんです」

悪びれず、元顧問はうなずいた。

「それ自体はとくにいけないことではありません。舞踊やバレエは、親御さんが熱心なおうちの子ほど長くつづけられますから。木戸さんのお宅は、とくにお母さまが熱心でしたね。一人娘でいらしたから、さぞ可愛かったんでしょう」

「十箇月も留学していたそうですし、木戸家は裕福なご家庭なんでしょうね」

高比良は相槌を打った。

むろん木戸家については、とうに調べが付いている。

父親は某有名アパレルメーカーの専務取締役。母親は元声楽家で現在は専業主婦だそうだ。都内の一等地に三階建て6ＳＬＤＫの屋敷を構えているのだから、裕福でないわけがない。

「ええ。当校には珍しくありませんが、ハイクラスなご家庭であったことは確かです」

元顧問はさらりと答えた。

「発表会の配役などで、トラブルが起こったことは？」

「それはしょっちゅうです。木戸さんに限ったことではありません。それにむしろ、生徒よりも保護者同士の問題と言えますし」

「保護者同士で揉めるんですか」

「どこでもそうですよ。さきほども言ったとおり、バレエでもフィギュアでも体操でも、親御さんが熱を入れやすい部活はどこも同じです。とくにいまどきは少子化ですからね。稀少かつ大事な子どもに、親御さんが目いっぱいお金と情熱を注ぎこむ。競技ですからどうしても優劣が付きますし、結果的に衝突することもあります」

「では過去に、木戸さんの母親と揉めた保護者がいた？」

「否定はしません。ですが、それで殺人に発展するなんてあり得ませんよ」

呆れたように顧問は言った。

「そりゃエスカレートしたことも、過去にないではないですが……。せいぜい車に傷を付けるとか、悪評をばらまくとか、その程度です。富裕層には、弁護士と繋がりのある方が多いですからね。身体的に直接傷つけあうようなトラブルには、そうそう発展しやしません」

次いで高比良たちは、職員室の〝主〟と呼ばれる古株の事務員から話を聞いた。

「木戸紗綾さんね。はいはい、覚えてますよ」

ちんまりとした小柄な女性だった。

歳の頃は六十近いだろうか、褪せたグレイベージュのカーディガンを着て、鼻さきに丸眼鏡を引っかけている。わざと老けメイクに徹した、昭和中期の女優を思わせる風貌だった。

「まさか木戸さんが殺されるとはねえ。あのお母さままでも、守りきれない相手がいたんですね。なんとまあ、おっかないご時世ですこと」

皮肉な口調だった。おっ、と高比良は内心で拳を握った。この女性にはどうやら期待できそうだ。

「木戸さんの母親は、そんなにやかまし屋だったんですか」

「まあねえ。モンペってほどじゃなかったけど」

「モンペ？」

「モンスターペアレンツの略」

「ああ」

納得し、高比良は苦笑した。

「つまりモンペというほどではない〝うるさがた〟だったんですね、木戸さんの母親は。彼女は母親に溺愛されていた？　それともご両親にですか」

「ご両親だと思いますよ。学校まで出張ってくるのはいつもお母さまでしたけど。まったく、そんなに心配なら、早いとこ別れさせときゃよかったのに」

――別れ……？

おいでなすった。高比良は横の工藤に目くばせした。

別れさせる？　誰とですか？　などとは当然訊かず、悠然(ゆうぜん)とうなずく。

「ではやはり、木戸さんの親御さんは交際に反対だったんですね」

「そりゃ親なら普通そうでしょうよ。まあわたしはたかが事務員なんでね。くわしいことはなにも知りませんけど」

彼女は眼鏡をずり上げて嘆息(たんそく)した。

「しかし若い女の子ってのは、どうしてああ悪(ワル)っぽい男の子が好きなんですかね。わたしなんかには理解できませんねえ。わざわざ二年時でコースを分かれさせたくらいだし、親御さんもさぞやきもきしたんでしょうよ」

「ほう。途中でコースを変えたんですか。それは初耳です」

「途中でというか、一年から二年に切り替わるとき――いえ、留学から帰った直後ですわね。木戸さんのお母さまは、ほんとは別べつの国へ行かせたかったみたいですよ。でも協定校あってのことですし、結局は折れたようです」

高比良はふたたび工藤と目を見交わした。

――つまりマル害が中等部に在学中、**なにか**があったらしい。

高等部に進んですぐ、木戸紗綾は馴染む間もなく留学したという。この事務員の言によれば、彼氏らしき男子生徒とともにだ。

――中等部でなにかしらトラブルがあり、外国でほとぼりを冷ます必要があった。

そう見込んでいいのではないか。

内心の興奮（こうふん）を押し隠し、「ところで卒業アルバムを見たいのですが」と高比良は言った。

「木戸さんの卒業年度のアルバムを、よろしければ一冊借りられませんか」

「ああ、はい。少々お待ちください」

事務員は億劫（おっくう）そうに椅子から立ちあがった。

数分して戻った彼女は、高比良と工藤の前にケース入りの豪華（ごうか）なアルバムを置いた。

「ありがとうございます。では失礼して」

高比良はケースからアルバムを抜き、ひらいた。

「ええと、何組でしたかね」

「木戸さん？　あの子なら英国コース――」

「いえ、彼女のほうは存じてます。そうじゃなく、**あっち**の」

「ああ」

心得たように、事務員はアルバムに手を伸ばした。

「さっきも言ったように、あっちは二年から普通科文理コースに移りましたからね。確か……ああそうそう、文理Bクラスです」

ページを繰って、あらわれた個人写真の一つを指さす。

高比良は目をすがめた。

『普通科文理コースBクラス』の文字の下に、三十点ほどの個人写真が並んでいる。その上段に、目当ての写真はあった。

――なるほど。〝悪っぽい男の子〟か。

そこには当時流行だったらしい、派手な髪型の男子生徒がいた。制服のシャツを第二ボタンまで開け、カメラに挑戦的な笑顔を向けている。

甘いマスクとは言えない。しかしそれなりに整った容貌である。切れあがった一重の目と、薄い唇が特徴的だ。

がっちりと広い肩幅。耳朶に開けた二連のピアス。校則はさほど厳しくないらしく、ほかにもピアスや茶髪の生徒がいるため、浮いてはいない。とはいえ独特の崩れた雰囲気があった。写真の下に刷られた姓名は〝瀬尾航平〟。

「瀬尾くんも、木戸さんと同じ順徳大学でしたよね？」

高比良がかまをかけると、事務員は首を横に振った。

「いいえ、彼は文理コースですもの。ほかの子たちと同じく永学ですよ。ほぼエスカレータみたいなもんですからね。たいていの生徒は、その進路を選びます」

彼女は肩をすくめてから、

「ともかく今回の事件を教訓に、世の親御さんは十代の恋愛にもっと気を付けるべきですよ。まだまだ子どもだから、なんて油断してちゃ駄目。こんなふうに、最悪の結果を迎えることもあるんですから……」

と言った。瀬尾航平がかかわっていると、信じて疑わぬ口調であった。

事務員の資料によれば、紗綾と同年に留学し、帰国直後にコースを変えた生徒はほかに三人いた。

阿久津匠、乾渉太、里見瑛介。

その名を、高比良はすべて手帳に控えた。

立石繭についても当然調べた。しかし彼女は普通科文理コースの帰宅部であり、やはり紗綾との関係は浮かばぬままだった。

礼を言い、高比良は工藤をうながして職員室を出た。

捜査本部に確認したところ、木戸紗綾のアドレス帳アプリに〝瀬尾航平〟らしき男の登録はなかった。

「こーき」「昂太」「こぉすけ」「瀬田先輩」はあっても、瀬尾航平に該当する名はない。それらしき相手と交わしたＬＩＮＥメッセージも発見できなかった。

とはいえ紗綾の交友関係は広かった。アドレス帳アプリには約二百人が登録され、ＳＮＳのフォロワーは六百人を超えていた。

詳細な分析は捜査支援分析センター（ＳＳＢＣ）に任せると決め、高比良たちは高等部の敷地をあとにした。

5

やったぞ、と渉太は内心で叫んだ。

だが快哉（かいさい）に浸る間もなかった。振り下ろしたかかとの激痛に、ぎゃっと渉太は叫び、数秒間、身を硬直させた。

失くした足指の傷から骨に伝わり、脳天（のうてん）にまで響く衝撃だった。

かかとには、あの赤黒い虫が残骸（ざんがい）となってべったり貼りついていた。いや、貼りついているはずだった。

角度的に、彼は自分のかかとを見られない。しかし手ごたえがあった。身の毛のよだつ、吐き気のするような感触であった。膀胱(ぼうこう)が緩むのを感じた。

しかし今度は、お漏らしはしなかった。

ボクサーパンツの股間の黒い染みが、さらにすこし広がっただけだ。ろくに水分を摂っていないせいで、漏らす尿すらないのだった。

飢えと渇きに負け、「虫を殺そう」と渉太が決めたのは約十分前のことだ。

と言っても室内に時計はないので、あくまで体感である。

彼は体感で約十分間、かかとか腿の裏で虫を潰して殺そうと試みた。そのたび嫌悪(けんお)に鳥肌を立て、何度も諦めかけ、半泣きになりながら、ようやくやりおおせた。

虫を潰した瞬間、ぶちゅっと大きな音がした。だが幻聴だったかもしれない。体液が派手に飛び散った気もしたが、それもきっと錯覚(さっかく)だろう。

――殺した虫を、かかとから剥がしたい。

渉太は心からそう思った。

しかし彼の両手首は、あいかわらず拘束されていた。

かかとを浴槽の床に擦りつけて虫を落としたかった。だがいまだ破れ鐘のように響く激痛と、さらに虫を潰してしまいそうな恐怖でできなかった。

あんなものが、しかも死骸が自分の体にへばりついているなんて、考えただけでおぞましかった。

——でもいまのおれは、かかとから虫を剝がすことすらできやしない。

無力だった。恨めしかった。

口の中に血の味がした。無意識に嚙んでいた内頰を、どうやら歯で切ってしまったようだ。

そういえば掌もずきずきと痛かった。虫と格闘中に握りしめすぎて、掌に爪が食い込んだのだ。血が滲んでいるかもしれないが、視認はもちろんできなかった。

——かかとの激痛。そして内頰と掌にも傷を負った。

報いられたものは、たった虫一匹の死だ。

だが渉太は後悔していなかった。殺してよかった、と思った。すくなくともこれで、虫に気を取られることなく水を飲み、スープを啜ることができる。

——水。

渉太はほとんどダイブするかのように、ストロー付きのコップ目がけて体ごと突進した。目測を誤り、ストローの先端が頰に刺さった。必死で首をもたげる。

あえぎながら、狙いを定めてストローに嚙みついた。今度はうまくいった。ストローが唇の端にぶつかった。口を開け、上下の唇で挟みこむ。思いきり吸った。

水が口の中に流れこんできた。

ぬるかった。だがいまの彼には十二分な冷たさだった。内頬の傷に、わずかに染みた。

一口目と二口目は夢中で飲んでしまった。だが三口目で、自戒の念が湧いてきた。

駄目だ、急にたくさん飲んじゃいけない。

歴史ものの漫画かなにかで読んだ。飢えていて、いきなり食うと体が耐えられずに死ぬんだ。渇きだって、きっと同じだ。

死ぬことはなくとも、胃が受けつけずに吐いてしまうかもしれない。せっかくの水を吐き戻すなんて、まっぴら御免だ。

それに、今度いつまた水をもらえるかわからない。

――大切に、飲まなくては。

そう思った。この水でかかとを洗えたらいいのに、という願望には、強いて目をつぶった。

もう一口だけ、渉太は飲んだ。じっくりと味わい、口の中に溜め、口腔全体を潤してから飲みこんだ。

すこし余裕が出てきた。渉太はさらに体を倒し、ボウル皿に顔を近づけた。

コーンスープを満たした皿だ。

おそろしくいい匂いがした。胃の底から空腹感がせり上がってくる。自分はこんなにも飢えていたのかと、あらためて実感した。

口を付け、啜った。

こちらもぬるい。だが美味かった。美味すぎて涙が滲んだ。耳の下の唾液腺が、きゅうっと痛んだ。

スープには大きめのクルトンのようなものが入っていた。舌で引き寄せ、啜りこむ。食パンだった。スープに浸して、ぐずぐずに柔らかくした食パンだ。

――美味い。

べそをかきながら、渉太はスープが染みこんだ食パンを味わった。これ以上のものはない、と本気で思った。塩分、糖質、いくばくかの脂質、炭水化物。体が求めていた味だった。めまいがしそうだ。

コーンスープはおそらくインスタントの一袋分。食パンは三分の一枚ほどだった。

(やめなければ)

途中で、なけなしの理性の声がした。

(水と同じだ。やめなければ。次にいつもらえるかわからないんだぞ、半分はとっておけ。全部食うな。途中でやめろやめるべきだ)

しかし、止まらなかった。

渉太はぐずぐずの食パン入りのスープを啜りつづけた。しまいには犬のように皿に顔を突っこみ、端から端まで舐めた。舌を伸ばし、最後の一滴まで、舐めて舐めて舐めとった。

——ああ、一気に食っちまった。

吐くかもしれない。

(だがそれがなんだ。美味かったんだ、もういい、吐いたっていい。我慢できなかったんだ畜生(ちくしょう)。ああロニー)

渉太は浴室の壁に浮きあがる模様を見た。自然石を模したまだら模様が成す、ぬいぐるみのロニーの顔を見つめた。

ロニーは悲しんでいるように見えた。かつての親友の窮状(きゅうじょう)を哀れみ、心配しているかのような顔つきだ。すくなくとも渉太の目には、そう映った。

(ロニーロニーどこにいるんだ。おれはおまえとずっと一緒にいたかったのに)

皿から渉太は顔を離した。いま一度、舌を長く伸ばす。

鎮痛剤らしき白い錠剤を、彼は舌さきでたぐり寄せて口に入れた。そして嚙んだ。

やはり身震(みぶる)いするほど苦かった。

コーンスープの後味が、あっという間に消えていく。かき消される。

錠剤を嚙み砕き、奥歯ですり潰し、飲みこんでしまうと、渉太は背をまるめた。のろのろと、老人のような動きでもとの体勢に戻った。

浴槽の中で足を伸ばし、へりにうなじを乗せた姿勢に戻る。目を閉じる。痛みが鈍っていくのを待った。

まぶたを伏せた暗闇の中で、ひたすらに待つ。胃がすこしざわついたが、さいわい吐き気は訪れなかった。

やがて、望んだ瞬間があらわれた。

痛みが引き、鈍麻（どんま）していく。そして思考もまた鈍っていく。朦朧（もうろう）とする。すべてが霧に、あいまいな靄の中に飲みこまれていく。

眠ってしまおう。渉太は思った。

眠って、そして夢を見よう。心地いい夢の世界に逃避（とうひ）しよう。見たくない現実からは目をそむけてしまえ――。

しかし眠りが訪れる前に、またも〝声〟が聞こえた。

渉太は薄目を開けた。

スリープ状態になったノートパソコンの画面は、暗いままだ。しかし〝声〟は否応（いやおう）なしに聞こえてきた。抑揚（よくよう）なく〝声〟は言った。

「瀬尾航平の話をしてくれないか」

と。

「え、なに……なんのことだ」

渉太は呻いた。

薬がよく効いているらしく、舌がもつれた。

「なに言ってんだよ、おまえ。……なんなんだよ」

「なにじゃあない。瀬尾航平について話してほしいんだ。きみが知っている彼を、あらいざらい。すべて。なにもかもだ」

渉太はもう一度呻いた。〝声〟の意図がわからなかった。

航ちゃんについて？　なにを話せって？

知るか。そんなの、おまえらのほうで調べろよ。おれたちの荷物もスマホも、なにもかも奪ったくせに。

スマホの中身を見て、財布の学生証や免許証を見れば、たいがいのことはわかるじゃないか。住所も、電話番号も、親の連絡先も、大学名もだ。それ以上、いったいなにが知りたいっていうんだ？

「うる、せぇよ」

かぶりを振り、渉太は言った。

反抗心がよみがえりつつあった。飢えと渇きがおさまり、痛みが遠ざかったおかげで、気が大きくなっていた。

数時間前かもしくは十数時間前、「監禁犯に気に入られるためならなんでもする」と考えたことは、すでに意識の外だった。

「虫」

画面に向かって、渉太は訴えた。

「虫がいたんだ。潰れて――嫌いなんだ。足を、拭いてく――ほしい」

さすがに「拭け」とまでは言えなかった。だが拭いてくれればしゃべってやらなくもない、という意図は、はっきりと言外にこめた。

渉太は待った。

だが、答えはなかった。

待っても、待っても待っても待っても、応える〝声〟はなかった。

容赦のない沈黙に包まれながら、渉太はようやく自分のしくじりを思い知った。

――おれは、なんて馬鹿だ。

そう悔やんだ。鎮痛剤がもたらす高揚のせいだろうか、思い上がっていた。

生殺与奪の権限は向こうにあるのに、それを一瞬でも忘れるなんて。とことんおれは愚図な馬鹿野郎だ。

（ああでも、いまだに金以外の目的が思いつかないんだ。金は匠の親が払う。絶対に払うはずだ）

（だからおれたちを、これほど粗末に扱う必要はないはずなのに。まさか理由もなく痛めつけたいだけなんて、そんな異常者にたまたま捕まるなんて、そんな確率はまさか）

渉太はうなだれた。

その後も〝声〟は沈黙しつづけた。

渉太が時間の感覚を失い、すこし眠りこみ、また覚め、ふたたびの痛みを感じる頃にも、まだ黙ったままだった。

それから、いったいどれほどの時間が経ったのか。

渉太は奥歯を噛みしめ、脂汗を垂らして痛みと戦っていた。

コップに半分残した水は、とっくに飲みきってしまった。どんなにストローを吸っても、のぼってくる水は一滴もなかった。ストローの飲み口は、歯できつく噛みつぶされていた。

――くすり。

渉太は訴えようとした。だが口からは、あいまいな唸り声が洩れただけだった。

——くすり。薬をくれ。いや、ください。

——一錠の半分でいい。いや、かけらでもいい。ください。お願いだ。

「く、すり」

ようやく、単語に聞こえる声が出た。

航ちゃんは？　匠は？　と訊きたかった。なにが目的なんだ、金なら払う、と言いたかった。しかし喉から出るのは、

「くすり」

の一声だけだった。

〝声〟は、やはり沈黙していた。

渉太は泣いた。しかし涙はほんのすこし滲んだだけだった。泣けるだけの水分がなかった。口の中が渇きすぎて、上顎に触れる舌がざらりと不快だった。

放置はさらにつづいた。

渉太は薬のことだけを考えていた。

冷たい水で、鎮痛剤を飲みくだす。その望みだけで脳内はいっぱいだった。

ときおり、航平と匠の顔がふっと浮かんだ。

(まさか、まさかあいつらだけ水をもらってるんじゃないだろうな)

(おれの爪を剝がしたときみたいに、あいつらだけで、あいつら二人だけで)

もう一度〝声〟が聞きたかった。呼びかけてほしかった。

今度こそなんでも言うことを聞く、と誓った。

(薬薬薬薬水。もしくれるなら、なんだって聞く。なんだってしゃべる)

失くした指の傷と、爪を剝がされた指は、いまや脈打つような痛みではなくなっていた。強弱なく、つねに痛かった。焼け火箸をずっと押しつけられている気がした。絶え間なく。ずっとずっと。ずっとずっとずっとずっと。

死ぬ、と思った。

これ以上放置されていたら、おれは間違いなく死ぬ。痛みで死ぬのか、渇きで死ぬのかは知らない。だが間違いなく死ぬ、と。

渉太は泣いた。涙は出なかったが、すすり泣いた。

——おれが、このおれが、こんな惨めな死にざまを迎えるなんて。

すこし前まではあんなに楽しかったのに。仲間に囲まれて、毎日があんなに輝いていたのに。

（おれは、おれたちはほかのやつらと違うんだ。金があって女だって寄ってきて、人気者で、そこらのやつらとはレベルが違う。価値が違う。なのにああ、なんでそのおれたちがこんなことに）

霞（かす）む目で、渉太は自分の腿を見下ろした。

土色の肌に、静脈（じょうみゃく）がうっすらと青く透けている。そしてその腿のすぐ横を、二匹目の虫が這っていた。

やはり赤黒く、太い虫だった。無数のこまかい足で這っている。だが渉太はなにも感じなかった。虫だ、とすら思わなかった。ただ、ぼんやりと見下ろした。

「……く、すり」

洩れる声は、それだけだった。

さらに数時間後、渉太は夢とうつつのはざまにいた。

――対象は同一でもとらえる角度が違えば、見えるもの、感じるものが異なって当然なのであります。主人公は自分が感じたとおり、海を代赭色に……。

脳内で、元担任が話しつづけている。あのつまらない、脱線ばかりの授業をつづけている。

――とくに芥川は、菊池を兄とも慕っていたようです。

――それほどに特別な盟友だったんでしょう……。

（友情）

（男の友情）

目を覚ましたのは、物音のせいだった。

浴室の引き戸が開く音だ。もはや首をもたげる力もなかった。まぶたを上げることすら億劫だった。

だが次の瞬間、渉太の意識は完全に覚めた。

男の手が見えた。黒い袖が覗いた。その手が浴槽のへりに、新しいストロー付きのコップと、錠剤を二つ置くのがわかった。

渉太の目は、コップと錠剤に釘づけだった。

男の顔すら見なかった。どうでもよかった。彼は力を振りしぼり、懸命に身をひねりながら上体を起こした。ストローの先端をくわえるべく、にじり寄った。

何度か失敗したのち、やっとストローの先が唇と唇の間におさまった。

そっと吸う。

甘い甘い水が、口内にじゅわっと溢れた。もちろん味はないはずだ。だが、この上なく甘く感じた。

「うう」

ストローをかじりながら、渉太は顔をくしゃりと歪ませた。

もう二度と逆らわないぞ、と誓った。二度と監禁犯に逆らったりしない。犯人が誰だろうと、どうだっていい。

この痛みと渇きには耐えられない。次にこれほど放置されたら、おれは間違いなく死んでしまう。死ぬことに比べたら。おれのプライドなんて屁も同然だ。

渉太はストローから口を離した。

そして錠剤を一つずつ、舌で引き寄せて噛んだ。

鎮痛剤と抗生剤だろう。奥歯で丹念にすり潰して、ようやく湧いてきた唾液と混ぜて、飲みこんだ。身震いするほど苦いのに、たまらなく安心できた。

数分の休息ののち、ノートパソコンがともった。

「――では、はじめようか」

〝声〟が言った。

その口調に、声音に、渉太は暗い愉悦を嗅ぎとった。愉しまれている。おれはいま、こいつらを愉しませている。

「なにら」

涉太は呻いた。「なにが」と言ったつもりだったが、それは己の耳にも「なにら」と響いた。舌が口内で粘って、言うことを聞かなかった。

「なにら、目的……なんら。かね、金なら——」

「なぜだと思う」

〝声〟がさえぎった。

「なぜ、この借家だったと思う？　なぜおまえらはここで襲われ、監禁されたんだと思う？　それを考えれば、こちらの目的はおのずとわかるだろう」

——ああ。

内心で涉太は叫んだ。

監禁されて以来、考えまいとしていたこと。あえて直視せずに押しこめていたことが、いま眼前にあった。

——そうか。

過去を突きつけられている。その事実をまざまざと感じた。

——そうか、復讐ってわけか。

やつらは泣き寝入りしなかった。そういうことか。ああ畜生。そうか。そういうこともあるのか。だからってなにもこんな、ここまで手の込んだことを。

「……ここまで、かよう」

涉太は泣き声を洩らした。

「だぁらって、……だからって、ここまで、することかよう。なんらよ、おまえら、……なんら。なにも、ここまで、ひなくても……」

しかし返ってきたのは、冷ややかな沈黙だった。

はっとし、涉太は「待って」と叫んだ。

「待っれ――待ってくれ。なんでも言う。なんでも答える。頼む」

懸命にすがった。もう放置はたくさんだった。二度とあんな思いはしたくない。そうだ。水と薬をもらえるなら何でもする。今度こそ神に誓う。なんでもだ。

「なにが、知りたいんら。なんれ……なんでも、言う」

唇を舌でなぞり、唾液を絞りだして舌の滑り(すべ)をよくした。

「なんでも、か」

思わせぶりに、〝声〟は言った。

涉太はつづきを待った。固唾(かたず)を呑み、身をこわばらせて、なにごとも聞き洩らすまいと耳を澄ました。

たっぷりした沈黙のあと、〝声〟は告げた。

「では予定どおり、瀬尾航平について話せ。そうだな。まずはやつの家族構成から聞かせてもらおうか」

望まれるまま、渉太はしゃべった。

まわらない舌を操り、ときおり咳き込み、哀願しながら、自分が知るあらいざらいをしゃべりまくった。

＊

ええと、なんの話をしてたんだっけ。

ああそう、穴の話ね。いて当たりまえだった家族がいなくなると、ぽっかり穴があくって話。

いえね、どっちの穴が大きいとかそういう話じゃないのよ。サクラがいなくなったときも、息子夫婦がいなくなったときも。

大小の問題じゃないの。そこは関係ないわけ。

ただね、埋まらないわねえ。

一度あいた穴って、塞がらないのよ。穴は穴で、ずっとそこにある。ただ穴の存在に、すこしずつ慣れていくっていうだけ。

え、そう？　わかる？　わかってくれる？　ありがとう。

だからね、わたしなんかもう、穴だらけ。

夫とは恋愛結婚よ。意外でしょ？　わたしは当時、親戚のお弁当屋さんで働いていてね、あの人は近くの印刷会社で写植工をしてたの。ええそう、お弁当を買いに通ってきたあの人に、見初められちゃったのよ。

結婚式？　まあ普通よ。当時の基準で言えば、ごく普通。白無垢着てねえ、金屏風の前で写真撮って。

アルバム？　やだやだ、やめてよ。恥ずかしい。え、そう？　困ったな。どこにしまったかしらねえ……。

あはは、やだ、若いわあ。恥ずかしい。

でも白黒で撮っておいてよかったかも。白黒のほうが七難隠すのよね。ほんと、いまの写真技術は進みすぎて、なんでもありのまま写しちゃうから。

わたしの就職？　ああ、知り合いに口を利いてもらえたの。

そう、それであそこにお勤めできたわけ。いわゆる〝給食のおばさん〟ね。

まあそうは言ってもほら、ごはん自体はよそで作られてくるわけでしょう。わたしたちは運んで、配膳して、子どもらが食べ終わったらお皿を洗って片付けるだけ。

でも子どもたちには、そんなのわかりゃしないもんね。向こうにしてみたら、やっぱり〝給食のおばさん〟だわね。

べつに問題はなかったわ。あはは、だって子どもなんて、いい子も悪い子もいて当たりまえでしょう。とくに気にならなかったわねえ。

そうよ、これが息子。三千六百グラムで生まれたの。いまの基準からしたら、大きいでしょ？　まるまると太って、お相撲さんみたいな赤ちゃん。

いい子だったわよ。反抗期もそりゃ人並みにあったけど、標準よりだいぶ短かったんじゃないかしら。

その時期はねえ、「お母さん」て呼ぶのが照れくさかったのか、わたしのこと「ねえ」とか「ちょっとー」としか呼ばないの。

あれはあれで、可愛かったな。気が付いたらまた、いつの間にか「お母さん」に戻っていたけどね。

息子のお嫁さん？　ええ。もちろんいい子だったわ。

息子が二十六歳のとき結婚したの。お嫁さんも同い年。

そりゃとびきり美人ってわけじゃないけどね、こう、雰囲気がほわんと柔らかいっていうか、その場の空気をよくする子だった。

え、わたしと似てるって？

そうかなあ。それはさすがに、お嫁さんが聞いたら天国で気を悪くするんじゃない？

あはは、わかった。あなたこの手の顔が好きなのね。だからわたしと、こんなにも長い間

……ふふふ。

ごめんなさい。ふざけちゃったわね。ふふ。

第三章

1

高比良と工藤は、永仁学園中等部に着いた。

だが紗綾を三年次に受けもった担任教師は、とうに除籍になっていた。

私立は公立と違って異動がない。とくに永学は雇用条件がいいため、教師が去るケースはやむを得ぬ家庭の事情か、病気が主だという。そうでないなら、のっぴきならぬ問題を起しての解雇だ。だがこの場合は前者であった。

「病気だとお聞きしています」

と若い男性事務員は答えた。

「体を壊して、実家のある山形に帰られたそうです」

高比良たちは元担任の連絡先を手帳に控え、次いで紗綾が所属していたチアリーディング部の監督と会った。

監督は、髪をいさぎよいベリーショートにした四十代の女性だった。首から上は年齢相応だが、体形は二十代と見まがうほどに引き締まっている。

彼女は短い悔やみの言葉を述べたあと、

「でも、わたしではお役に立てないかと思います。なにしろわたしが知っている木戸さんは、十五歳までの彼女ですから」

と言った。

その口調が、高比良にはひっかかった。紗綾への好意を感じられない。それどころか、突きはなした冷ややかさすら感じた。

口は軽くなさそうだが――、と思いつつ、高比良は問いを継いだ。

「木戸さんは、部内ではどうでしたか」

「目立つ子でしたよ」

監督は即答した。

「技術もありましたし、なにより自分の見せかたをよく心得ていました。ああいう子がセンター位置にいてくれると、危なげなくて指導者としては助かります」

「では部員同士では、どうです？」

高比良は尋ねた。

「部員としても、彼女は〝助かる〟存在でしたか？」

「それは……どうでしょう。わたしはあくまで指導者の目線で見ますしね」

歯切れの悪い答えだった。

「木戸さんは三年間ずっと、チア部に籍を置いてらしたんですか」

「ええ、一年から卒業までです。まあ三年次は、籍があったというだけですが……」

やはりどこか、奥歯にものの挟まったような物言いだ。

「永学はほぼエスカレータ式ですから、受験のため部活動を控える必要はないですよね？なのに木戸さんは花の最上級生の年に、あまり熱心ではなかった？」

「まあ、そこは、なんというか」

監督は視線をそらして、

「男の子に、興味が出る年頃ですから」

と言った。さらに「真面目にやっていれば、木戸さんはもっと上達できたでしょうに」とも付けくわえた。

——要するに彼氏ができて、いろいろおろそかになった、ということか。

高比良はうなずいてわけ知り顔を作ってから、

「瀬尾航平くんは〝悪っぽい男の子〟だったそうですね」

とかまをかけた。

「やはり彼と遊ぶようになってからでしょうか。木戸さんが変わったのは」

監督の頬がわずかに緩んだ。なんだ、知っていたのか、と言いたげな緩みだった。

「というより……、彼が、野球部を退部してからですかね」

「なるほど」

高比良は再度うなずいた。

「彼氏が退部してしまえば、応援し甲斐がない。だからチアにも身が入らないってわけですか」

これも同じく当てずっぽうだ。

だが的を射ていたようで、監督は「ええ」と深くうなずいた。

「とくに彼は野球部でしたしね。日本じゃあチアは、やはり野球の応援がメインじゃないですか。木戸さんとしては、マウンドに立つ瀬尾くんを、自分のチアで盛りあげるのが夢だったんじゃないでしょうか」

「その当てがはずれて、彼女は幽霊部員化した？」

「そうと断言はできません。でも、まあそういう側面もあったでしょうね」

言葉を濁す監督を、高比良は醒めた目で見やった。

——事務局からもらった履歴によれば、瀬尾航平は野球部でピッチャー志望だったらしい。

高等部の卒業アルバムの彼は、ずいぶんと崩れた雰囲気だった。だががっちりとした肩幅は、言われてみればスポーツマンの体格であった。

——いや、元スポーツマンと言うべきか。

「瀬尾くんはなぜ野球部を辞めたんでしょう?」

「噂ですが、先輩とそりが合わなかったようです」

高比良の問いに、監督は答えた。

「彼は我の強い子でしたからね。二年の夏までつづけられただけ、上出来じゃないでしょうか。野球みたいな上下関係の厳しいスポーツは、彼には合いませんよ」

「ということは瀬尾くんは、野球部を辞める前から〝悪っぽい男の子〟だった?」

「まあ……清く正しい生徒、という感じではありませんでした」

監督はひかえめに認めた。

「とはいえ、当校は自由な校風ですから。野球部だからといって坊主(ぼうず)にする決まりはないですし、男女交際も禁止されていませんからね。問題になるほどではなかったです」

「瀬尾くんも木戸さんも目立つ生徒だったようですね」

「ええ。いわゆるスクールカーストの最上位でした。ですから、お似合いのカップルでしたよ」

「最上位、ね」高比良はうなずいた。

その最上位カップルの瀬尾航平と木戸紗綾は、高等部に上がってすぐ留学している。まったく同じ時期に、同じトロントの協定校にだ。

──だが高校の事務員の話では、紗綾の親は二人の交際に反対していた。

──協定校ありきだから行き先はしかたないとしても、なぜ時期をずらせなかったのだろう。

短い間があいた。その間に気づいた工藤が、

「ところで」

と代わって監督に尋ねた。

「ところで瀬尾航平は、どう〝悪っぽかった〟んでしょう？　いわゆるチャラ男というか、ナンパ系の浮ついた感じでしょうか。それとも粗暴なタイプだった？」

「粗暴、と言いますと……」

監督が工藤に視線を移す。彼は勢いこんで、

「実際に暴力をふるうタイプだったのか、という意味です。たとえば女子に対して、乱暴な

真似をしがちだったとか」

いささか直接的すぎる質問だった。高比良は一瞬ひやりとしたが、その問いは存外に的を射たらしい。監督の面(おもて)に、はっきりと狼狽(ろうばい)が走った。

「さあ。……さあ、どうでしょう」

硬い声で監督は言った。

「わたしは野球部にはノータッチですし、教師でもありませんからね。瀬尾くんについて、答える資格なんてないでしょう」

だが答えたようなものだな。内心で高比良はつぶやいた。

その語調で、表情で、監督ははっきりと返答していた。瀬尾航平は、女を平気で殴れる男だった、と。

瀬尾航平についての収穫はあった。

しかし紗綾と立石繭との接点は、中等部の過去をさらってもやはり見つからなかった。

かろうじて判明したのは、立石繭がバドミントン部のマネージャーだったという過去だ。

さらにバドミントン部の顧問は、紗綾の二年次の英語担当であった。それを理由に高比良たちは、くだんの教師から当時の事情を聞き出しにかかった。

バドミントン部の顧問は、穏やかな顔つきをした三十代の男性だった。

「ニュースを観て驚きました」

と彼は型どおりの言葉を述べたあと、

「木戸さんのことはよく覚えてますよ。こんな言葉は古くさいですが、学年のマドンナというか、姫——いえ、女王さまのような存在でしたからね」

と言った。

「女王さまですか」

すこし前、自分が木戸紗綾を〝女王蜂〟と定義したことを高比良は思いだした。

——女王蜂と、女を殴る男のカップルか。

はたして瀬尾航平は、女王さまのために他人を殴る働き蜂だったのか。それとも女王のさらに上に立つ帝王だったのか。

——どちらにしろ、紗綾が撲殺されたことは事実だ。

高比良は顧問に尋ねた。

「木戸さんはチアリーディング部でしたよね。では、バドミントン部の応援にも来ていたんじゃないですか？」

「わが部に？　いやあ」

顧問は苦笑して首を振った。

「チア部はほぼ野球部のものですよ。あとはせいぜいサッカー部、バスケ部くらいかな。彼女たちが、バド部や卓球部の応援に駆りだされるなんてありません」

「そうですか」

高比良はいったん引きながら、

「さる筋から木戸さんと、当時のバドミントン部に繋がりがあったとの情報をもらったんですがね」と言った。

顧問がきょとんと目を見ひらく。

「わが部と彼女がですか？　いやあ、ないでしょう」

と、瞬時に苦笑した。

「もっと強豪校ならまだしも、永学(うち)のバド部じゃあね。見込みのある選手はそれなりにいましたが、木戸さんのような子が関心を持つたぐいの活躍じゃなかった。バスケ以外の室内競技は、やっぱり地味で損なんですよね」

その後、高比良は顧問に卒業アルバムを見せ、なんとか彼から情報を引きだすべく質問を尽(つ)くした。

結果ははかばかしくなかった。だがスナップ写真の端に写る立石繭を見て、顧問が洩らした言葉はすこしばかり印象に残った。

彼はこう慨嘆したのだ。

「立石かあ、懐かしいな。この子はほんとに真面目でね。歴代級に、献身的で有能なマネージャーでしたよ。――そういえば、さっきの刑事さんの質問を聞いて思いだしたんですが、立石はまさにチア部に不満たらたらでしたね。『テレビ中継されそうな派手な部にばかりむらがって、わかりやすくていやらしい』とかなんとか。はは。一応、部員とわたしとでたしなめましたがね。でも部を思って怒ってくれてるのがわかったから、みんな強くは言えなかったなあ」

卒業アルバムを借り受けたまま、高比良たちは永学中等部をあとにした。


帰署して報告を終えたところで、夜の捜査会議がはじまった。

まずは先輩の捜査員が立ちあがる。

「えー敷鑑一班、報告します。マル害のアルバイト先であるイベント会社の、スタッフ数人から聞き込みをいたしました。結果、マル害をめぐって辞めたという男二人のうち一人が、マル害と短期間ながら交際していたと判明しました。スマホの履歴とも照らし合わせ、裏も取れています」

敷鑑一班の捜査員は咳払いし、つづけた。

「男の姓名は、里見瑛介。ＬＩＮＥの登録名およびアドレス帳アプリの登録は、平仮名で『えーすけ』でした。殺害当時、マル害はこの里見からの電話番号を拒否設定していました。ＬＩＮＥも同様にブロックしています。さらに里見瑛介とやりとりしたメッセージのうち、いくつかを削除した形跡もありました。このメッセージは、捜査支援分析センター(SSBC)に復元を依頼中です」

「ＳＳＢＣには、マル害のＳＮＳの掘り起こしも依頼してあるよな？」

合田主任官が口を挟んだ。

代わって捜査課長が答える。

「はい。依頼しましたが、現在は運営会社に開示請求を掛けた段階で止まっています。この請求が通れば、削除した投稿やダイレクトメッセージ、同じ電話番号で作成した裏アカウントなども突きとめられるんですが……」

「ありがとう」合田が制して、

「話の腰を折ってすまんな。おれは古い人間なもんで、データがどうこうの世界はどうも苦手なんだ」

と頭を掻(か)いた。

その間に、高比良は借りてきた二冊の卒業アルバムをめくっていた。

工藤にあるページを見せ、うなずきあう。

一班の報告が終わるのを待って、高比良は手を挙げた。

「敷鑑二班、報告いたします」

高比良は高等部と中等部で得た情報、ならびに瀬尾航平の存在について報告したのち、さらに言葉を継いだ。

「……敷鑑一班の報告を受けまして、事務方から借りた卒業アルバムを、当方で確認いたしました」

高比良はアルバムを掲げて見せ、

「マル害が電話を拒否し、LINEをブロックしていたという里見瑛介がここに載っています。つまり里見瑛介とマル害は、永仁学園時代の同級生です。彼らは中等部の二、三年次に同じクラスでした」

と声を張りあげた。

「また里見はマル害と同時期に、すなわち高等部に上がってすぐ、トロントに留学したメンバーの一人でもあります。ただし里見は帰国後に専攻コースを変え、普通科文理特進コースに編入しています」

高比良は合田と目を合わせた。

「最後に卒業アルバムから、もうひとつ情報です。中学時代、里見はバドミントン部に所属していた期間があるようで、掲載された同部の写真のうち二枚に写りこんでいます。ただし卒業時期には在籍していなかったらしく、団体写真に姿はありません。——なおマル害と男をめぐって揉めたとされる立石繭は、同じく中学時代、このバドミントン部のマネージャーを務めていました」

「よし」

合田が掌を打ちあわせた。

「よくやった、高比良。その卒業アルバムは庶務班に渡しておけ。有用なページをスキャンさせ、資料として全員に配布させる」

珍しいねぎらいの言葉だった。

最後に鑑識班が報告に立った。木戸紗綾の遺体から、毒物や中毒物は検出されなかった。ただし現場で採取した微物からは、衣類と見られる繊維を何種類か発見できたという報告であった。

以上の報告をもって、その夜の捜査会議は終了した。

2

乾渉太は、瀬尾航平について以下のごとく語った。

航ちゃんの家族構成は……ええと、両親と、兄貴と、航ちゃんの四人。

親父さんは、ジーエイ化成のお偉いさんだって聞いてる。そう、テレビのCMで有名な、あのジーエイ化成。

長男の兄貴とは、五歳離れてるんだったかな。きょうだい仲は悪かったらしい。「がんがん殴られて育った」って航ちゃんが言ってたから。

親父さんがそもそもスパルタ教育の人らしいんだ。親父さんが息子たちを殴って、その殴られた鬱憤(うっぷん)を、兄貴が航ちゃんをサンドバッグにして晴らして……っていうふうに、父と兄の二人から殴られて育ったんだ、って。

母親は止めなかったのかって？

そりゃ無理じゃないかな。おばさんだって殴られてたみたいだし。

「金持ち喧嘩せず」って、よく言うじゃんか。おれも裕福な家庭って、穏やかなイメージあったんだけど……。航ちゃん家を見て、そうでもないなって思った。金持ってても、殴る人は殴るよ。逆に貧乏でも、殴らない人は殴らないし……。たぶん、頭とか神経のどっかが違うんだろうな。その「どっか」がどこなのかは、おれなんかにはわからないけど……。

ああ、はい、なんだっけ？

ごめん。いや、ごめんなさい、なんか、ぼーっとしちゃって。

水。水をく――いや、ください。

すみません。ありがとう。いえ、ありがとうございます。

…………。

…………。

ええと、ああ、そうだ。航ちゃんの話。

航ちゃんの兄貴は、わりと出来がよかったらし――らしいです。うん。航ちゃんが言ってました。「いつも比べられた」「比べられて、むかついた」って。

野球も「兄貴がやってたから、おれもやらされた」とぼやいてました。

あ、いや違うな。もともと野球は親父さんの趣味で、それで息子二人とも、やらされたみたいです。

でも航ちゃん自身、野球は嫌いじゃなかったと思います。

「野球の才能だけは兄貴より上だった」って、自分でも言ってましたし。

野球はじめて、みるみるガタイがよくなったらしいですよ。「だから兄貴が殴ってこなくなった」って、航ちゃんは笑ってました。

「やりかえされるのが怖くなったんだろう」

って愉快そうでしたね。

「結局あいつらは、やりかえしてこないやつだけ殴るんだよ」って。

え？　それで航ちゃんは、母親を守るようになったのかって？

さあ。そういう話はとくに聞いてないです。

でもたぶん、それはないんじゃないかな。航ちゃん、おばさんのこと馬鹿にしてるし。守ってやるほど、好きじゃないと思います。

なんで好きじゃないかって？　さあ。

でも、あー、なんだろう。なんていうか、「親のセックスなんて見たくねえ」って言ってるのは、何度か聞きました。

さっきも言ったけど、航ちゃんの親父さん、おばさんを――つまり自分の奥さんを、殴るんですよ。そんで殴りながら、リビングでセックスするんだって。

そうです。息子がいてもおかまいなし。

兄貴は親のセックスがはじまったら自分の部屋に引っこむけど、航ちゃんは小学生の四年か五年くらいまで、「そこにいろ」って言われてたみたいです。

それが気持ち悪くて、いまだに母親を軽蔑してる？　みたいな。そんな感じでした。

ああいや、「そこにいろ」って命令したのは親父さんです。

えっ、だったら母親は被害者じゃないかって？

まあ、はい。そうなのかもしれない、ですね。

でもまあ、キモいものはキモいじゃないですか。おばさんも、ほら、そんな男を選んじゃった自己責任、みたいな。

いやなら離婚すればよかったんだし。なんだかんだいっても、別れないってことはその手のセックスが好きだったんじゃないですか。二人も産んでるわけですしね。女って、そういうとこあるじゃないですか。

え、あ、はい。……なんですか？

考えかた？　おれの考えかたですか？　え、なんか……ああ、はい。すみません。すみません、ごめんなさい。

おれがおかしいんですか。そうですかね。ごめんなさい。

ああ、はい。つづけます。つづけますから。はい。

……それで、ええと……ああそうだ。

航ちゃんのガタイがよくなったら、殴られなくなったって話、ですよね。

そうです。兄貴にも親父にも殴られなくなって、親のセックス見てろって命令も、なくなったみたいです。

ちょうどその頃かな、おれと航ちゃんがはじめて会ったのって。

はい。その頃は、お互いリトルリーグでした。対戦したんですよ。航ちゃんはピッチャーで五番。おれはレフトで七番でした。

いや、仲良くなったのは中等部からです。一年のとき、同じクラスになってから。おれと航ちゃんと匠がずっと同じクラスで……。

紗綾？　あ、紗綾を知ってるんですか。

はい、紗綾とは、二年から同じクラスでした。

そうです。紗綾は学年でも目立つやつだったから、みんな知ってました。航ちゃんも廊下とかで見かけるたび、

「あいつ、いいよな。ヤりてぇ」

って言ってましたもん。だから二人が付き合いはじめたときも、ああそっか、って思った

だけでした。

野球部のエース候補と、チア部の次期リーダー。普通にお似合いだなって、はい。それ以上の感情はなかったです。

野球部は、えっと、二年の途中で辞めて。

航ちゃんが、先輩と揉めたんです。きっかけは、まあ、たいしたことじゃないんですけど……。

とにかく先輩が航ちゃんを「オカマ野郎」ってからかったんです。

理由はくだらないことで、投球するとき爪さきが内側に入るのが内股みたいだとか、そんなことだったと思います。

航ちゃんがそれで、ブチギレちゃって。

普通なら笑って流すとこだろうけど、それ、航ちゃんの親父さんの口癖だったんですよね。

「おまえオカマか」とか「将来ホモになるんじゃねえか」とか言いながら、子どもの航ちゃんを親父さんがしょっちゅう殴ったんだそうです。だから、トラウマみたいな感じなんじゃないかな。

結構派手な喧嘩でした。流血沙汰(りゅうけつざた)っていうか。はい。おれも匠も航ちゃんに味方したから、居づらくなって、三人とも退部に……。

おれはいいけど、紗綾は航ちゃんが部を辞めてがっかりしてました。

でも紗綾は紗綾で、チア部の先輩とぎすぎすしてたみたいです。だから、結果的にちょうどよかったんじゃないかな。

いや、チア部の事情はよく知りません。でも紗綾って、女に人気ないタイプだからな。子分はそれなりにいたけど。

ほら、男の中に女一人だとちやほやされるじゃないですか。でも女同士だとそれがないでしょ。紗綾が全部仕切れる空気ならまだしも、先輩相手にそれ無理ですし。

だから紗綾のやつも、航ちゃんの退部を言いわけに、あんま部活に行かなくなったみたいです。応援し甲斐がない、とか言って。

そうですね。そのあたりからかな、おれたちが瑛介と絡みはじめたのは。

瑛介も、二年から同じクラスでした。

いいえ、あいつはバドミントン部です。けっこう真面目クンだったし、おれの苦手な感じっていうか……。でも航ちゃんが、あいつと妙に絡みたがって。

変でしたよ。だって誰が見たって瑛介は、紗綾に気があったんです。自分の彼女に気のある男は、おれなら近づけたくないですけど……。

ああ、そうですね、はい。

そういうやつなんですよ。航ちゃん――いや、航平は。

はい。そうです。そう思います。なんであんなやつに、ずっと従ってたんだろうな、おれ。

いやでも、だってあいつ、おっかないんです。ガタイもいいし、喧嘩強いし。すぐ手ぇ出してくるし――。

ああそう、そうです。大学で先輩とごちゃごちゃしたときも、それ。中等部んときに野球部の先輩と揉めたのと、似た感じでした。

おれらが三人でつるんでばっかいるんで、「ホモかよ」ってからかわれて。

そうなんです。あのときも、航平のやつが。

あいつ、ほんとああなんですよ。そんなふうに、航平ってすぐキレるんです。

だからです。だからおれ、怖くて。逆らえなくて。おれみたいなやつは、ほんと、ずっと言いなりで。

……悪かったと思ってます。

心の底から謝ります。ほんとうに、一生かけて償っていきます。

でも、でもこれだけはわかってほしいんです。

おれはただ、航平に言われたとおり動いてただけで。おれ主導でやったことなんて、なにひとつないんです。

あいつ、頭おかしいんですよ。親だって家庭環境だって××××だし。根っから、いかれてんですよ。

おれなんてただのパシリっていうか、あいつの子分っていうか。

ともかく、おれの意思じゃなかったってことだけは、わかってほしいんです——。

3

瀬尾航平は阿久津匠について、以下のとおり語った。


……いいから、薬くれよ。痛えんだよ。

なあ、頼むよ。どうせ金だろ？

は？　いや、だって金以外、どうしようもねえじゃんか。

法律だってそうだろ。裁判したってよ、金でカタつけるしかねえんだ。賠償金だの保釈金だの、そういうことだろ。

結局金なんだよ。被害とか加害とか、ごちゃごちゃ言っても結局は金だ。

裁判したって、死んだ人間が生きかえるわけじゃねえし、怪我の後遺症が治るわけじゃねえ。ヤられた女が、処女に戻るわけじゃねえじゃんか。……慰謝料払えって言われて終わり。だろ？　それしかねえじゃん。

わかった、わかったよ。

話せばいいんだろ……わかったよ。

その代わり、話し終わったら薬くれよ。絶対だぞ。

おまえら、あれだろ。わざと、すぐ依存症になるような……禁断症状が早く出るような薬、わざと使ってんだろ。

……わかったって。

匠ん家は、あれだよ。母方のじいさんが、アクツドラッグの創業者なんだ。

そう、あっちこっちにチェーン店が建ってる、あのドラッグストア。青い看板の。田舎の国道とか走ってると、必ず看板見るよな。あれだよ。

親父は婿養子で、きょうだいは姉二人。母方のばあさんと、両親と、姉二人とあいつの……ええと、六人家族だ。

末っ子長男ってやつだな。だから、めちゃくちゃに可愛がられて育ったんだ。

家族は六人だけど、近くに父方の祖父母も住んでる。だから母方のばあさんと、父方の祖父母と、母親とで競うみたいに甘やかしたらしいな。

いまでこそ、まあそれなりだけどよ。ガキの頃は、すげえいやなガキだったってよ。当然だよな。金はじゃぶじゃぶ使いたい放題で、親とジジババにべったり甘やかされて。まともに育つわけねえ。

おれが匠とはじめて会ったのは、中等部でだよ。けど入学したてのときには、とっくに〝完成〟されてたな。

金づるってか、財布としてだよ。

あいつわがままだし、すぐ泣くし、つまんねえから、金出さなきゃ誰も遊んでやらなかったんだ。だからあいつ、クラスメイトの財布にされてやがった。

まわりも金持ちの坊ちゃん嬢ちゃんばっかとはいえ、匠ん家は桁違いの金持ちだろ。しかも親がユルユルだったからな。小学生にブラックカード持たせるような馬鹿親は、あいつんとこくれぇだよ。

野球部にも、友達がほしくて入ったんだってよ。親の勧めだって聞いた。スポーツやってこなかったやつほど、そういう変な幻想抱くよな。スポーツを通してできた仲間は、一生の絆がどうこう、とかよ。

まあでもあいつは、おれと出会えてよかったんじゃねえの。

おれにくっついてさえいりゃ、自動的にカーストの上になれたしな。だからおれにさえ金使ってりゃいい、って決まったんだよ。そのほうが楽だろ、あいつだって。

ああくそ、痛え。痛えよ。……早く、薬。

匠のことなんか、どうだっていいじゃんか。

そうだよ、あいつが全部悪りいんだよ。だってあいつ、ツラがいいじゃん。

サークル勧誘のときも、ナンパのときも、一年の女を合宿に誘うときも、あいつが声かけんだよ。そしたら、成功率が違げぇんだ。結局ツラなんだよ、ツラ。女はツラしか見ねえんだ。

匠のやつ、いま調子こいてるだろ？　あれは女で自信つけたからさ。

中等部までは、匠も可愛いとこあったんだぜ。おれのあと、必死で付いてきてよお。パン買ってこい、コーラ買ってこいって言ったら、全速力で走って……。それがいまや、ふんぞりかえって、おれと同格みてえなツラしてやがるもんな。

だからさ、あんたらも匠を恨めよ。

あいつなんだって。全部あいつだよ。女を真っ先にヤるのもあいつだしさ。おれたちは、そのおこぼれもらってるだけだ。

な？　だから、あいつはくれてやるから、おれは解放してくれよ。

あんたらのことは誰にも言わねえ。約束するよ。この足だって、自分で怪我したって言うから。

……ああ畜生、痛え。薬をくれ。頼むよ。なあ……。くれるなら、なんだってする。謝るよ。謝るから。

くそったれ、いったいなにがしたいんだよ、てめえら。

4

最後に阿久津匠が、乾渉太について語った。

渉太ん家は……おれは行ったことないけど、両親とあいつの三人家族、だって聞いてます。

父親は建築系の会社を経営してるみたいです。いえ、家やビルを建てるんじゃなく、鉄塔とか鉄橋とか……すみません、よくわかりません。おれ、あんまくわしくないし、そういうの興味もないんで。

母親は、ＰＴＡの活動に熱心なのかな。学校に来てんの、よく見ました。

なんかキツい感じのおばさん。クレーマー気質っていうのかな、いっつもキーキー文句ばっか言ってました。

渉太は、調子いいっていうか、チャラいやつ。

うるさいんですよ。切れ目なくべらべらしゃべって。根は暗いくせに。

はい、そうです。明るいのとうるさいのって、違うじゃないですか。暗いのと無口も違いますよね。渉太は暗いのに、うるさくてチャラいやつです。

昔はいじめられてたらしいですよ。

多動（たどう）気味で、とにかく空気が読めなかったみたいです。まあ、いまも読めてませんけど。

チームプレイを覚えさせたらなんとかなるんじゃないかって、親がリトルリーグに入れたそうです。うちの親もだけど、考えかたが安易（あんい）ですよね。

いや、おれは野球部の幽霊部員でした。

なんか、集まりがあるときだけ行って……。誕生日パーティとか、季節のイベントとか、でかい試合の応援とか。そういうのだけ出席してれば、うるさく言われなかったです。はい、親もそれでいいって。

航ちゃんは野球、うまかったですよ。エース候補だったし。

渉太は運動神経は悪くないんだけど、うーん、なんなんだろ。不器用なのかな。ちょろちょろ動いてすばしっこいわりに、いまいちポカが多いっていうか。

航ちゃんの舎弟じゃなかったら、中等部でもいじめられてたんじゃないかな。うまいこと、いいポジションに就いたって感じでした。

そう、舎弟です。仲間とか友達じゃなく舎弟。渉太だって、自覚してたんじゃないですか？　だってどう考えたって同格じゃないでしょ、あの二人……。

でも渉太って、ああ見えてプライド高いんですよ。

航ちゃん以外にはけっこう横柄だし。ＳＮＳ見るとわかりやすいけど、めっちゃ承認欲求高いし。

プライド高いのに、うまく発揮できない感じ。だからあいつ、女には偉そうな態度とりますもん。自分より弱いものには強気なんです。そう、そういうとこがね、暗いんですよ、渉太って……。

たぶんマザコンなんじゃないかな。

あいつ、いっつも母親をすごい気にしてますもん。顔色見てるっていうか、母親にビクついてるとこありますね。大学生になっても、まだママに叱られたくなくて、おどおどしてる。

寝言で、ぬいぐるみがどうとか言ってたこともあるしね。シャレにならない感じの、マザコン臭ありますね。

母親に対して屈折（くっせつ）したなにかがあって、それを世間（せけん）の女に向けて八つ当たり？　みたいな。そういうのがあるかもしれないです。

ああ、はい、木戸紗綾。

紗綾に対しても、あいつ屈折してましたよ。

紗綾は航ちゃんの彼女だったんです。でも渉太のやつも、紗綾に気があったみたいすね。とくに一、二年の頃は、はっきり惚（ほ）れてました。

いや、もちろん航ちゃんも知ってましたよ。知ってて面白がってました。瑛介のことも、同じような感じでしたね。

ていうか、おれも航ちゃんの気持ち、わからないでもないです。

自分の彼女に気がある男の前で、わざと彼女とイチャつくのって、気分いいじゃないですか。まあおれは航ちゃんほど喧嘩強くないから、そんな面倒なことしませんけど……。

瑛介と紗綾？　あ、はい。あいつら、大学行ってから付き合ったらしいですね。

航ちゃんは……知らないんじゃないかな。おれから話振ったことないんで、わかんないけど。べつにそんな、あえて話題にすることでもないし。

いえ、おれは紗綾、苦手でした。もちろん航ちゃんには内緒にしてたけど。ああいうキツい女っていまいち……。

あいつこそ、みんなでヤっちゃえばよかったのにな。

ああいや、嘘です。すみません。

違いますよ。おれはほんと、ていよく利用されてたっていうか。「おまえナンパしてこい」とか「声かけてこい」とか命令されて、それだけです。美味しいとこは全部、航ちゃんがかっさらってたんですから。

いつもおれが一番にヤってたって？　嘘ですよ。そんなの嘘です。はい。航ちゃんが主犯です。

渉太のやつだって、ろくなもんじゃない。あいつ、ほんと糞なんですって。録画も写真も、あいつです。べつに誰が言いだしたわけでもないのに、あいつが撮りだしたんですからね。

映像、確認してください。いつもあいつは映ってなくて、声だけだから。あいつがカメラまわしてた証拠ですよ。

ほんとあいつら、糞です。あの二人ですよ。あいつらが悪いんです。

おれはマジで、言いなりだっただけで……。

だからもう勘弁してください。金なら、うちの親がいくらでも出します。ほんと、いくらだって出せるんですから……。

5

捜査本部が永仁学園大学に問い合わせたところ、瀬尾航平は先週から大学を休んでいた。

航平が所属するイベントサークル『ＦＥＳＴＡ』の部長によれば、

「男三人で大阪に旅行中らしいですよ。ＳＮＳに、楽しそうな報告がたくさん上がってます」

とのことであった。

「夏のイベント用に借りてる、海沿いの借家があるんです。瀬尾たちが『海びらき前にチェックしてくる』と向かいましてね。その家で酒盛りしてる間に『このまま大阪に繰りだすか』って流れになったみたいですよ。お好み焼き食べたり、新喜劇観に行ったり、大観覧車に乗ったりと、連日大はしゃぎです」

なお大阪旅行の連れ二人は、航平の中等部からの友人である。

名前は阿久津匠と、乾渉太。つまり例の留学メンバーだ。

航平から部長宛てにＬＩＮＥのメッセージが届いたのは、一昨日の夜だという。「出席日数は足りているし、あと数日遊んでくる」との連絡であった。

また里見瑛介とも、捜査本部はいまだ連絡を取れずにいた。彼が進学した康正堂大学の事務局へ問い合わせると、

「里見はフィールドワークで長野に行っている」

との答えが返ってきたのだ。こちらは航平とは違い、社会文化比較学の実地研究として、ゼミに正式な申請が出されていた。

申請書が提出され、受理されたのが六月七日。そして申請書に記された出発予定日は十日。なお被害者の木戸紗綾が行方を絶ったのは、十日の夕方だ。そして十二日の夜に、彼女は死体となって発見されている。


青梅署の一階会議室こと捜査本部で、合田主任官はパイプ椅子にもたれて缶コーヒーを啜っていた。

その脇に立った高比良が言う。

「瀬尾航平、阿久津匠、乾渉太、里見瑛介――。連絡の付かない全員が、マル害とともに留学した面々です」

「わかってる。偶然のわけねえやな」

合田主任官が苦笑した。

「しかも臭う女の立石繭まで、京都に旅行中ときてやがる。なにやら企(たくら)んでるとしたら、ガキの浅知恵もいいとこだな。ま、金持ちのお坊ちゃんお嬢ちゃんどもに、ややこしい悪さができる度胸はなかろうよ。ＳＮＳで行方が追えるやつは、ひとまず泳がしておけ。その間にこっちは証拠と証言を固める」

「瀬尾航平は、まめにＳＮＳを更新しています。仲間二人と行動をともにしていることもあり、彼らの動きは逐一(ちくいち)追えています」

工藤が報告した。

「一方、立石繭は京都を旅行中にもかかわらず、伏見稲荷大社で撮った画像のあと投稿がありません。同行の友人のＳＮＳにも写りこんでいません。また里見瑛介は去年インスタグラムのアカウントを消して以降、ＳＮＳをやっていないようです。現在はスマホの電波が入りづらい山奥におり、大学にも十日以降連絡は入っていません」

「なるほど」

合田主任官は顎をするりと撫でた。

「では臭いのは、ひとまず立石繭と里見瑛介か。今日一日待っても東京に戻らんようなら、長野県警と京都府警の共助課にお電話を入れるとするかな」

しかし京都府警に連絡する手間ははぶけた。

その日のうちに、立石繭本人から捜査本部宛てに電話があったのである。

「バド部の元顧問の先生から連絡をもらいました。警察の人が、わたしと話したがっていたって。ほんとうですか？」

東京駅に着いたばかりだという立石繭は、その足で青梅署まで出頭した。

「木戸先輩のニュースは、ついさっきネットで観ました」

中等部の卒業アルバムの写真から、繭はかなり面変わりしていた。痩せて大人の女性になっていた。

すっきりした顎の線といい、アッシュグレイに染めたショートカットといい、全体にシャープな印象だ。メイクも服装も、紗綾とは正反対のモード系である。

繭は首をかしげて、

「え、十二日のニュースを今ごろ観たのかって？　だって旅先じゃ、ニュースの時刻にテレビの前にはいませんもん。せいぜいスマホでヘッドラインを確認するくらいです。わたしと木戸先輩は友達でもなんでもないから、情報が入ることもありませんし」

と淡々と言った。

「サークルメンバーの羽田龍成さんを挟んで、木戸紗綾さんと揉めたそうですね？」

取調官が水を向ける。

繭はあっさり「はい」とうなずいた。

「でも、誘ってきたのは羽田先輩のほうですよ。まあ誘ってくるよう、わたしが仕向けたんですけど。こっちからLINEのID訊いたり、気のあるそぶりしたり」

「それはつまり、羽田さんが好きだったということですか？」

「いえ」

悪びれもせず、繭は首を横に振った。

「べつにあんな人、どうでもいいです。ただ、あの女から盗ってやりたかった。それだけです」

「あの女とは？」

「もちろん木戸さんです」

挑戦的なもの言いだった。紗綾が殺されたと知りながら、よくこんな台詞を言えるものだ、とマジックミラー越しに見ていた高比良は呆れた。これも若さゆえの無敵感というやつなのか。

取調官が机の上で指を組み、尋ねる。

「ということは、あなたは木戸さんに反感を抱いていたんですね？」

「反感というか、そうですね。嫌いでした」

「永仁学園の中等部と高等部でも、あなたは木戸さんの一年後輩でしたね。嫌いという感情を抱いたのは、いつからです？」

「中等部からです」

「ということは、あなたがバドミントン部のマネージャーをしていた頃？」

「そうです」

「なるほど。ところで当時、バドミントン部には里見瑛介さんも在籍していましたね？」

「え？　あ、はい」

繭は目をしばたたいた。

はじめて視線が泳ぐ。瑛介の名を聞いた途端、挑むようだった瞳の色がはっきりと揺らぐ。

取調官は彼女を上目遣いにうかがい、言葉を継いだ。

「ではあなたの供述は今後、里見瑛介さんの供述と照らし合わされ、確認されながら進むことになります。その旨はよろしいでしょうか？」

この取調官が得意とする台詞であった。実際には、まだ里見瑛介から供述は取れていない。誘導尋問には当たらないにしろ、多分に含みのある〝ひっかけ問題〟というやつだ。

しかし繭の反応は、予想を大きく裏切った。

彼女は目を見ひらき、

「――なんだ。そうだったんだあ」

と肩の力を抜いた。

パイプ椅子の背もたれに寄りかかり、天井を仰ぐ。投げやりになったようには見えなかった。逆である。

繭はあからさまに、ほっとしていた。

「さすが日本の警察ですね。たった二、三日でそこまで調べを付けて、もう里見先輩とも話したんだ。そっか……」

一瞬、高比良は繭が紗綾殺害について自供をはじめるのかと思った。

だが違った。繭は背もたれに身を預けたまま、

「だったらわたしが、もう木戸先輩なんてどうでもよかったこともご存じですね」

とにっこりした。

「わたしが京都に旅行してた意味も、全部わかってるんでしょ？　なんだ、こんなにあせって警察署まで来ることなかったんだ。慌てすぎちゃったな」

意外な言葉ばかりだった。だがむろん、取調官は眉ひとつ動かさなかった。彼は重々しく

口をひらいた。

「われわれ警察の手順に、どのみち変わりはありませんよ。これは殺人事件だ。あなたからこうして話を聞き、供述調書を取る。避けられない手順です」

「ですよね、ごめんなさい」

藺はいったん謝って、

「でもここに来るまで、じつはけっこう気負ってたんです。だって自分で見ても、わたしってかなりあやしいですもん。長年嫌ってた木戸先輩が殺されて、しかもその日に都合よく旅行中。ミステリによくあるアリバイ作りみたいで、めちゃくちゃ不審人物じゃないですか」

と屈託なく白い歯を見せた。

「さっきは生意気な態度を取ってすみません。疑われてると思ったし、どうせ羽田先輩があることないこと言ったんだろうって決めこんでたから」

照れたように笑う。

つんけんした態度をやめると、藺は驚くほど幼く見えた。顔が笑みでほころんだ途端、中等部時代の面影が一気によみがえった。

「もちろん、里見先輩の言葉と照らし合わせながら進めてください。矛盾はないはずです。

ええと、わたしと里見先輩がバイバイしたのは九日で、東京駅の……」

「いや、待ってください」

取調官がさえぎった。

「公的な書類にしますのでね。最初から時系列どおりにお願いします」

「あ、そうか。そうですよね。わかりました」

繭は背もたれから身を起こし、姿勢を正した。

——これが演技なら、たいした役者だ。

高比良は思った。

だが残念ながら、捜査一課の中堅捜査員である彼の目にも、繭の言動は演技には見えなかった。二十歳やそこらの小娘、しかも金持ち学校で苦労なくやってきたお嬢さんに、捜査員をあざむくスキルがあるとは考えづらい。

そんな高比良の思いをよそに、繭は取調官に語りはじめた。

中等部のとき、瑛介が退部する直前に告白したが振られたこと。瑛介が高等部を卒業するとき、二度目の告白をしたこと。だがやはり断られたこと。

大学生になった紗綾と瑛介が、バイト先を通して付き合いはじめたと風の便りで知ったこと。

奇しくも彼女の進学先は、紗綾と同じ順徳大学だったこと。紗綾が瑛介と別れ、くだらない男と付き合っているのを見て腹が立ち——羽田はいい面の皮だったようだ——寝取ってやろうと目論んだこと。

しかしトラブルを聞きつけた瑛介から、連絡があったこと。瑛介に諭され、羽田に付きまとうのをやめたこと。

相談に乗ってもらううち、瑛介と毎晩のようにＬＩＮＥする仲になれたこと。

九日の夜、「これが最後」と覚悟して瑛介に告白したところ、ＯＫの返事がもらえたこと等々を。

「正直言って駄目もとの告白でした。京都旅行だって、友達が『断られたら傷心旅行、うまくいったら祝賀旅行にしようよ』って誘ってくれたんだし」

嬉しさを隠せぬ表情で、繭は言った。

「ちょうど里見先輩も、フィールドワークへ出る直前でした。『お互い、この旅で気持ちの整理を付けて、新たな自分になってから向き合おう』って約束して、東京駅でバイバイしたんです」

ね、里見先輩の言ったことと同じでしょう——？　と繭は取調官を見やった。

取調官は答えず、眼鏡を指でずり上げた。

「さきほどあなたは『もう木戸先輩なんてどうでもよかった』とおっしゃいましたね。どういう意味です？」

「どういう意味もなにも、いま言ったとおりです。里見先輩と付き合えるって決まったんだから、木戸先輩になんてもう興味ゼロですよ」

藺は己の言葉にうなずき、

「いくらでも調べてくださってかまいません。だってわたしには動機がない。木戸先輩を、わたしは殺していません」

と言いきった。

「それに、殺されたと聞いてもとくに驚いてません。木戸先輩を殺したい人なら、ほかにもいっぱいいいたと思うし」

「あなたはよほど、木戸さんがお嫌いなようだ」

取調官が苦笑する。

藺は肩をすくめた。

「だから、それはわたしだけじゃないですって。でも言っておきますが、その人たちと違って、わたしは木戸先輩に直接なにかされたわけじゃないですよ。純粋に里見先輩が好きで、心配だっただけ」

「心配ねえ」

「そうですよ。だってあの女とかかわったせいで、里見先輩はおかしくなったんだから。バド部を辞めた理由は怪我でしたけど、それ以外はほんっと、全部木戸先輩たちのせい。木戸先輩や瀬尾航平と付き合いだしてから、里見先輩はなにもかも悪いほうに転がっていきました」

憎々(にくにく)しげに頬を歪める。

――ほう。ここでも〝瀬尾航平〟か。

高比良は無意識に顎を撫でた。卒業アルバムで見た、航平の酷薄(こくはく)そうな目つきが眼裏に浮かぶ。

「木戸さんや羽田さんには〝先輩〟を付けるのに、瀬尾さんは呼び捨てですか」

取調官が皮肉をこめて言った。

しかし繭は訂正することなく、

「だって木戸先輩は一応サークルの先輩ですけど、瀬尾航平はなんでもない相手ですもん。ほんと言うと、木戸先輩のことだって呼び捨てにしたいですよ。嫌いっていうか、はっきり言って軽蔑(けいべつ)してました」

と語気荒く断言した。

「あなたは『直接なにかされたわけじゃない』のに？」

「当たりまえでしょう。あんなこと——自分がされたわけじゃなくても、軽蔑の対象ですよ。同じ女として、生理的に無理っていうか……」

藺はいったんうつむき、声を詰まらせてから顔を上げた。

「言っておきますけど、瀬尾たちは大学でまだやってますよ。常習犯です。永学のイベントサークル『FESTA』を調べてください」

唐突な言葉だった。

だが老練な取調官は「どういうことです」などと問うたりはしなかった。さも知っているような顔をして、「常習犯」とだけ繰りかえした。

藺が大きくうなずく。

「スーパーフリー事件って、ご存じですよね？」

声に嫌悪が滲んでいた。

取調官の眉が、ほんのわずかに動くのを高比良は目でとらえた。しかし藺は気づかなかったようで、鼻息荒く言葉を継いだ。

「あれは二十年くらい前の事件らしいけど、いまだになにも変わってませんよ。みんな泣き寝入りですもん。だからあいつら、やりたい放題です」

――スーパーフリー事件。

口の中で高比良はつぶやいた。

むろん知っている。すくなくとも本庁の捜査員であの事件を知らぬ者、忘れた者はまずいるまい。

被害届が出され、表沙汰になったのは二〇〇三年だ。しかしその五年ほど前から犯行はコンスタントにおこなわれ、被害者総数は数百人にのぼると言われた。

――イベントサークル『ＦＥＳＴＡ』か。

高比良は自前のスマートフォンを取りだした。

航平たちが属するサークルの部長は、すでに警察とやりとりしている。

野郎、と高比良は眉根を寄せた。野郎、しれっと受け答えしておいて、陰でそんな真似をしていやがったか、と歯嚙みしたい気分だった。

スマートフォンでブラウザアプリを立ちあげ、『永学　イベントサークル　ＦＥＳＴＡ』で検索する。

すぐに検索結果があらわれた。同名のＳＮＳアカウントを選んでタップする。

液晶に、大学生たちの陽気な笑顔が表示された。十五、六人はいるだろうか、青い海を背景に写っている。

半数以上は水着姿だった。顔を加工で隠してもいない。ひどく無防備だ。片手に缶ビールを持つ者、ピースサインを出す者、お笑い芸人のポーズを取ってふざける者。青春を謳歌、という言葉がしっくりくる画像であった。

「木戸先輩がたちの悪いいじめっ子だったことなんて、中等部の後輩ならみんな知ってますよ」

マジックミラーの向こうでは、繭が話しつづけている。

「気に入らない子をよってたかっていじめて、裸にして、それを瀬尾に撮影させたりして……。女子の間では有名でした。集団レイプされた人までいるらしいですよ。でも木戸先輩は目立って可愛かったから、男子はみんなかばってましたね。わたしたちがなにを言っても『ブスのひがみ』『嫉妬すんなよ』で片づけられました」

「それは、腹が立ったでしょうね」

取調官が相槌を打つ。どうやら同調して吐きださせる作戦らしい。

「ええ。ほんっと、むかつきました」

憤懣やるかたない、と言いたげに繭はうなずいた。

「でもまあ、わたしたちも同罪ですね。表立っては文句を言えなかったですもん。瀬尾航平がおっかなくて、つい……」

「では中等部時代の里見さんは、そんな〝おっかない〟グループに自分から近寄っていったんですか。あなたはどう思いました？」

「そりゃ、もちろんいやでしたし、止めましたよ」

藺が勢いこんで言う。

「ていうか、里見先輩から近づいたわけじゃありません。瀬尾のほうが里見先輩を取りこんだんです。……里見先輩も、目立つ瀬尾たちに相手にしてもらえて、舞い上がっちゃったみたいですね。先輩みたいな真面目クンって、意外とああいうタイプに弱いから」

悔しそうに彼女は唇を曲げた。

「それに、これは言いたくないけど……木戸先輩に近づけるのも嬉しかったんじゃないかな。わたしの目から見ても、里見先輩、あの人のこと好きだったもん。十代の頃ってああいう〝連れ歩いて自慢できる女〟が一番モテるんですよね。中身なんてどうでもよくて、とにかくまわりに自慢できるかどうか」

なるほど、それは一面の真理だ。高比良は思った。だがそれはけっして十代には限るまい。「トロフィーワイフ」という言葉もあるくらいだ。どの年代だろうと女をアクセサリー扱いする男は一定数いる。

藺は唇を嚙んで、下を向いた。

「それで、結局……あれですよ。言わんこっちゃない。まんまと里見先輩まで、とばっちりで留学する羽目になって――」

「では留学にいたった経緯を、あなたも知っているんですね」

無表情に取調官がかまをかける。繭は苦もなく引っかかり、

「はい。リンチ事件のことでしょ」

と即答した。

次いで、声のトーンを上げる。

「あ、でも里見先輩がリンチに加わったなんて、嘘ですよ。だって里見先輩、貝島さんと仲良かったもん。ガチで親友だったんですから。それに里見先輩が言ってました。『貝島のやつが、先に裏切ったようなもんだから』って……」

あせったような早口だ。自分が吐いた言葉の矛盾にすら気づかないらしい。

里見瑛介はリンチに加わっていないと言いながら、里見が貝島某を非難したことを正直に垂れ流してくれる。

「ほう。裏切ったとは、具体的にどう？」

取調官も、当然そこを突いた。

繭が途端に語調を落とす。「それは話してくれなかったけど、でも、とにかく先輩は――」

充分だな、と高比良はきびすを返した。

マジックミラーの前から立ち去り、部屋を出る。つづきはあとで、供述調書の概要を読めば充分だ。

藺はお世辞にも公平な第三者ではない。これ以後、彼女の口からは里見瑛介をかばう言葉しか聞けまい。

貝島、という姓を高比良は胸に刻んだ。

稀少姓ではない。だが平凡な姓とも言えない。卒業アルバムで確認すれば一、二名に絞りこめるだろう。親友と称されるほど、里見瑛介と親しかった男子生徒だ。

——それと、夜の捜査会議までに過去の事件をさらっておきたい。

高比良は早足で廊下を歩いた。

もし木戸紗綾が悪辣ないじめっ子で、過去に性的ないじめや輪姦の手引きをしていたならば、十二分な殺害動機になり得る。

その上、瀬尾航平が現在も類似の犯行をつづけているというのなら。

——木戸紗綾の罪は、けして過去のものとは言いきれない。

エレベータを待てず、高比良は階段を駆け下りた。

6

夜の捜査会議は、予定どおり午後九時からひらかれた。

まず各捜査班の報告が済んだ。次いで司会役の捜査課長は、立石繭の供述から得た情報を読みあげた。

「立石繭の供述は以上ですが、補足として参考資料を配ります」

スーパーフリー事件ならびに、ここ三十年以内に発覚した大学生の集団レイプ事件をまとめた資料であった。前回と同じく、A４用紙でコピーして各部ごとにホチキスで留めてある。

「えー、くわしくは個々に資料を読んでいただくということで、この場ではざっと説明するにとどめます。類似の事件は、もちろんそれ以前から起こっていましたが……」

高比良は資料をめくった。

捜査課長の言うとおり、大学生間での輪姦はとくに目新しい事件とは言えない。

しかしさかのぼること二十数年前。一九九七年に日本体育大学のアイスホッケー部と、帝京大学ラグビー部とで、たてつづけに集団レイプ事件が起こった。

この年を機に、類似の事件が次つぎと世間の耳目を集めることになる。

翌々年の一九九九年、三重大学医学部と慶應義塾大学医学部で各々レイプ事件が発覚。医学部の超エリートが起こした醜聞として、注目は否が応にも集まり、世間の批判も高まった。

そして二〇〇三年、きわめつきとも言える『スーパーフリー事件』が大きく報道された。

スーパーフリーとは、当時東京に存在したインカレサークルの名称である。

二〇〇三年の日本はまだバブルの余韻を残していた。大学の一サークルが六本木のクラブを貸しきりにし、千人から三千人規模のイベントをひらくことが可能だった。

そのイベントを介して約五年のうちに、サークル幹部らが数百人の女性を輪姦した事件が『スーパーフリー事件』である。

ただし立件できたのは、わずか三件のみ。残る数百人の女性たちは、みな泣き寝入りであった。中には自殺した女性までいるという。

手口はほぼ決まっていた。サークル幹部らがターゲットの女性を酔いつぶすか、もしくは睡眠薬入りジュースで昏倒させて輪姦するのだ。相手が未成年であっても容赦はなかった。

〝新入生はスレてなくて狙い目〟

〝一年は酒に弱いからすぐに撃てる〟

とまで彼らはうそぶいた。なおこの〝撃つ〟とは、サークル幹部らが使っていた〝強姦する〟の隠語である。

被害者総数は三百人とも四百人とも言われている。しかし警察に出された被害届は、約三十件。そして起訴にまで持ちこめたのは三件であった。

公判ではスーパーフリーの悪辣な手口が次つぎとあきらかにされた。彼らは大学サークルの皮をかぶった、高度にシステム化された性犯罪組織だった。

被告人となった幹部らは〝ほぼすべてのイベントで輪姦、強姦をおこなっていた〟と供述した。

また輪姦が終わったあとも、彼らは被害者をすぐに帰さなかった。笑顔を作らせて写真を撮ったり、加害者と一緒に食事することを強要した。もしもの場合に、和姦と言い張るための偽装工作であった。

〝おれたちのバックにはヤクザが付いている〟と脅し、被害者の口をふさぐことさえあったという。

スーパーフリーは表向き早稲田大学のサークルだった。しかしインカレだけあって、幹部は早稲田の学生に限らなかった。

東京大学、慶應義塾大学、学習院大学など、いわゆるエリート層の男子学生十四人が芋づる式に逮捕され、準強姦罪で懲役刑を受けるという未曽有の大事件となったのである。

とくに代表者の罪は重く、懲役十四年の実刑判決であった。

判決を不服として控訴するものの、高裁、最高裁とも棄却。二〇〇五年に刑が確定した。

この事件にはさらに特異な点がある。

五十人を超える女性スタッフが、組織的な輪姦を幇助（ほうじょ）していた点だ。

彼女たちはサークル幹部に女性を斡旋（あっせん）する、被害者女性を事後に慰（なぐさ）めるなどの役目を担っていた。なおこのスタッフの中には、過去に当のサークル幹部らから輪姦された被害者も交じっていたという。

「えー、これらの女性の心理はですね。科捜研の公認心理師によりますと、いじめられた子がいじめ側にまわる、ブラック企業の社員が上司にやられたそのままに部下をいびる、等の心理と同一なのだそうです」

司会席でマイクを握る捜査課長がそう説明した。

「心理学ではこれを〝攻撃者との同一化〟と呼びます。自分が体験した無力感や恐怖を、さらに弱い人間にぶつけることで痛みを一般化して乗り越えようとする。自己防衛機能の一種なのだそうです」

――攻撃者との同一化、か。

だとしても、木戸紗綾は違う。

高比良は手の中でボールペンをまわした。

彼女は女王蜂だった。もし紗綾が立石繭の証言どおり、気に食わない後輩や同級生を瀬尾航平たちに強姦させていたなら、それは攻撃者との同一化でも自己防衛機能でもあり得ない。純粋に、彼女自身の攻撃性から出たものだ。

——攻撃性。そして〝自分はこの弱い女たちとは違う〟という優越感か。

どちらにしろ、歪んでいるとしか言いようがなかった。

壇上からは捜査課長の声がつづいている。

「残念ながら、その後も類似の事件はあとを絶ちませんでした。資料にもありますとおり、翌二〇〇四年には……」

高比良は資料に目を戻した。

二〇〇四年　国士舘大学サッカー部集団わいせつ事件。

二〇〇五年　京都大学アメフト部レイプ事件。

二〇〇九年　京都教育大学アメフト部・サッカー部集団レイプ事件。

二〇一四年　明治大学テニスサークル集団昏睡事件。

二〇一六年　東邦大学医学部レイプ事件、慶應義塾大学広告学研究会レイプ事件、東京大学誕生日研究会強制わいせつ事件。

また二〇二〇年には〝ミスター慶應〟の最終選考に選ばれた男子学生が、強制性交の疑いで六度目の逮捕となった。しかし過去の五回と同じく不起訴処分となり、インターネットの掲示板を中心に批判が巻き起こった。

高比良は、思わず内頬を噛んだ。

これらの事件が起こるたび、マスコミや世間は「警察はなにをしているんだ」と声高に警察組織を批判する。だが起訴か不起訴かを決めるのは警察ではない。あくまで検察なのである。

——逮捕しても逮捕しても立件されず、悔しいのはこちらのほうだ。

捜査課長が声を張りあげる。

「えー、こちらの資料はあくまで参考であります。過去の事件を踏まえた上で、今後は立石繭の証言の裏取りを進めつつ、並行していままでどおり……」

そうだ、あくまで参考だ。

高比良は己に言い聞かせた。

だがもし木戸紗綾が過去に輪姦の手引きをし、実行犯である瀬尾航平らが大学でも犯行をつづけていたならば。

そしてそれが、紗綾の撲殺に繋がったなら。

——おれたちが追う相手は、はたして〝社会の敵〟と言えるんだろうか。

「質問はありませんか？　では各班に、明日からの動きを……」

捜査課長の声が、やけに遠く感じられた。

＊

ああ、そうそう。これ職場の慰労会の写真よ。

懐かしいわあ。自分じゃたいして変わらないつもりだったけど、ふふ、こうして見るとやっぱり若いわねえ。所長だってまだ髪があるし。

ううん、中で撮った写真は、さすがにないわ。だってプライバシーとかね、いろいろあるでしょう。

でもみんな覚えてると思うわ。すくなくともあの頃、あそこにいた人はみんな覚えてるでしょう。あなたはとにかく印象が強かったもの。人気者でね、頭がよくって。

あ、ほら、この赤ちゃんが道哉よ。

道哉はねえ、生まれたとき二千九百グラム。

そうね、この子が一番器量よしだったかも。夫の伯父さんに似てたわ。そうそう、伯父さんはけっこうなイケメンでね。

え、わたし、この頃から白髪が増えてる？

まあ、そうかもね。だって息子夫婦が事故でああなって——わたしが、道哉を育てなきゃいけなかったから。

苦労だとは思ってないわ。ただね、入学でちょっとお金がかかったからね。

うん。でもそのこと自体はいいのよ。なんとも思ってない。あの子がちいさいときから、うっすら察していたし。

そういえばあなた、息子夫婦のお葬式に来てくれたわね。

そのせつはありがとう。ばたばたして、十年近くもお礼を言いそびれちゃった。不調法でほんとにごめんなさい。住所がわからなくて、お香典の半返しもずいぶん遅れちゃったのよね。

そうそう、あなたが訪ねてきてくれて、ようやく渡せたのよ。

あのあと、二度ほどうちに顔を出してくれたんだっけ？　ああそうか。それであなた、道哉と三回も会っているのね。やっと思いだせた。

モモが子猫を産んだばかりのときだった？　うん、そうね、そうだったかも。

その頃の写真、あるわよ。もちろんあなたは写ってないけれど。ほら、道哉とモモと、生まれて間もない子猫たち。

五四生まれてね、四匹はもらい手が見つかったの。一匹だけはうちの子になってもらったわ。

ほら見て、この子も三毛だったの。珍しいことに、雄でねえ。

あら知らない？　三毛猫ってほとんどが雌なのよ。さあ、理由はわからないけど、とにかく雄は滅多にいないの。

毛皮の模様が性別に関係するなんてね。生き物って、そういうとこが不思議で面白いわよね。

第四章

1

涉太は浴槽の中から、ノートパソコンのモニタを見つめていた。

ずっと同じ姿勢で座りっぱなしのせいだろう、体の節ぶしが固まっていた。筋肉にいたっては、全身がこわばっている。

涉太は呆然としていた。

ノートパソコンの画面は三分割され、それぞれに涉太、航平、匠が映っている。

航平は口にテープを貼られたままだ。

匠の口にテープはない。だが三人の中で、匠はもっとも憔悴(しょうすい)して見えた。顔は土気(つちけ)いろで、目が落ちくぼんでいる。がっくりと首を垂れ、身動きひとつしない。

ノートパソコンからは、涉太自身の声が響いていた。

「……航平ってすぐキレるんです。だからです。だからおれ、怖くて。逆らえなくて。おれみたいなやつは、ほんと、ずっと言いなりで」

涉太が少し前、監禁犯に語った言葉だ。

録音がそのまま流されているのだった。

「悪かったと思ってます。心の底から謝ります。ほんとうに、一生かけて償っていきます。……でも、でもこれだけはわかってほしいんです。おれはただ、航平に言われたとおり動いてただけで。おれ主導でやったことなんて、なにひとつないんです。……あいつ、頭おかしいんですよ。親だって家庭環境だって×××だし。根っから、いかれてんですよ……」

航平もこれを聞いているに違いない。涉太は確信した。

三人全員が、同時にこれを聞かされている。語った涉太も、語られた航平も、平等に聞かされているのだ。

涉太の声が途切れた。

だが静寂は数秒だった。

替わって、航平の語りがはじまった。

「……匠ん家は、あれだよ。母方のじいさんが、アクツドラッグの創業者なんだ……」

しわがれた声だった。いつもの航平らしくない、媚びるような色が声音の底に滲んでいた。

語りは、長く長くつづいた。

「……匠のやつ、いま調子こいてるだろ？　あれは女で自信つけたからさ。……だからさ、あんたらも匠を恨めよ。あいつなんだって。全部あいつだよ。女を真っ先にヤるのもあいつだしさ。おれたちは、そのおこぼれもらってるだけだ。な？　だから、あいつはくれてやるから、おれは解放してくれよ」

さらに声は匠に替わった。

匠は、渉太について語っていた。

「……渉太って、ああ見えてプライド高いんですよ。航ちゃん以外にはけっこう横柄だし。SNS見るとわかりやすいけど、めっちゃ承認欲求高いし。プライド高いのに、うまく発揮できない感じ。だからあいつ、女には偉そうな態度とりますもん。自分より弱いものには強気なんです。そう、そういうとこがね、暗いんですよ、渉太って……」

——うまいことを言う。

渉太は笑いだしそうになった。

そうか匠、おまえ、おれのことそんなふうに思ってたんだな。意外と馬鹿じゃねえんだな。その分析、けっこう当たってるぜ。この野郎。

「マザコンなんじゃないかな。あいつ、いっつも母親をすごい気にしてますもん。顔色見てるっていうか、母親にビクついてるとこありますね。大学生になっても、まだママに叱られたくなくて、おどおどしてる」

　匠はつづけた。

「寝言で、ぬいぐるみがどうとか言ってたこともあるしね。シャレにならない感じの、マザコン臭ありますね……」

　――殺してやる。

　渉太は思った。

　それは唐突な憤怒だった。胃の腑の底から、突き上げるような怒りであった。

　殺してやる、匠。ここをもし出られたら、おまえを真っ先に殺してやるからな。なにがマザコンだ、畜生。おれのロニーのことを。

（ああロニーロニーロニーロニーどうしてここにいてくれないんだ）

　軽がるしくしゃべりやがって。

　マザコンはてめえじゃねえか。なんでもママに尻拭いしてもらってる、金と顔しか取り得のない糞ボンボンが。死ね。死ね死ね死ね死ね死ね死ね。ぶっ殺してやる。

　渉太は浴槽の壁に額を打ちつけた。

　怒りがおさまるまで、何度も何度もぶつけた。じっとしていられなかった。ふうふうと荒い鼻息が洩れ、目じりがこまかく痙攣した。

やがて画面が切り替わった。

渉太は目をすがめた。

いまだ怒りはおさまっていなかった。画面に集中できそうにない。何度か深呼吸し、まばたきを繰りかえしてから、彼はモニタを凝視した。

映しだされていたのは、航平のSNSアカウントだった。

最新らしき更新画像が大写しになっている。

画像によれば、彼ら三人はユニバーサル・スタジオ・ジャパンにいることになっていた。石だたみの上に、見慣れた靴が三足並んでいる。航平愛用のハイテクスニーカー、匠のローファー、そして渉太のクロッグサンダル。どれも彼らが、この借家に履いてきたものだ。

――誰かがおれたちの影武者をやってる、ってことか。

不覚にも、渉太はぷっと噴きだした。

どこのどいつとも知れぬ男三人が、おれたちから奪った靴を履いて、おれたちのスマホを持って、ユニバーサル・スタジオ・ジャパンで遊んでやがるのか。

ひょっとしたら、服もそっくりそのまま着てるのかもな。なんだそれ、コスプレじゃんか。コスプレされるなんて、有名人みてえ。おれたちも有名になったもんだ――。

ヒステリックなくすくす笑いは一分ほどつづいた。そして訪れたときと同じく、急激にかき消えた。

代わってこみあげたのは、どす黒い絶望だった。

――きっと、誰も疑うまい。

このSNSの内容を疑う者がいるとは思えない。親も、航平や匠のきょうだいも、サークルメンバーもだ。

みな、三人が大阪にいると信じている。なぜって疑う要素がかけらもない。

――LINEにも、やつらは自然に返事しているんだろうか？

誰か気づいてくれないだろうか。渉太は祈った。なりすましに気づいて、誰でもいいから通報してくれまいか。

ノートパソコンは、気づけば渉太自身のアカウントに表示を切り替えていた。

渉太に扮した誰かさんは、今年できたばかりのアトラクションに浮かれているようだ。写っているのは手もとだけだが、同年代の男の手に見えた。

(誰だろう)

(おれの予想が確かなら、いままで輪姦したやつらの兄貴か弟ってとこか)

(復讐だと？　ふざけやがって。ここを出たら殺してやる。殺してさらにぶち殺してやる)

(もちろんマワした糞女もだ。家族もろとも、身のほどを思い知らせてやる。画像も動画も

ばらまいて、社会的に抹殺してやる)

――でも、どうやって?

いったいどうやってここを出ると言うのだ。

手も足も縛られて、おまけに足の指だって四本ない。今後、満足に歩けるかすらわからない。そんな自分が、どんな手段を使ってここから逃げ出せるというのか。

(頼みの綱は匠の金と、アウディのGPSくらいか?)

だが匠のアウディがまだ借家の前に駐まっているとは、とても思えなかった。これほど周到にすべてを用意している監禁犯が、アウディを放置するわけがない。

(いま頃はどこかに移動され、隠されている?)

(それどころかとっくにばらされて、部品の塊になっているかも)

――こんなことになるなら、運転させてくれって一度言えばよかった。

湧いてきた思いに、ふたたび渉太は頰を歪めた。面白くもないのに、勝手に顔の筋肉が笑いで引き攣った。

そうだ。最新式のアウディRS e-tron GT。フル装備で二千万近くかかったと聞いている。いっぺん「ハンドルを握らせてくれ」と頼んでみればよかった。見栄っ張りで八方美人な匠のことだ。きっと断らなかったに違いない。

——あの車がありゃ、女なんてナンパし放題だったのに。

(ナンパ？　ナンパだって？)

臍のあたりから、内なる声がせり上がる。

(こんな状況になってもナンパかよ。そんなにセックスしたいのか、馬鹿かよ。へっ。女なんて、たいして好きでもないくせに)

——たいして好きでもないくせに。

「……ふへっ」

唇から、何度目かの空虚(くうきょ)な笑いが洩れた。だが今度こそ意味のわかる笑いだった。それは、自嘲の笑みであった。

(思えば、おれが本気で好きになった女って誰だろう？)

(紗綾くらいか。いやいま思えば、あいつのこともそんなに。それよりもっと、もっとほかに)

白い顔が、ふっと脳裏をよぎる。

渉太は反射的にきつく目を閉じた。

違う、と己に言い聞かす。違う。あれは——そう、貝島に裏切られたからだ。

裏切られたショックのせいだ。あいつはおれたちをだましてた。その報いがあれだったんだ。

渉太はうつろな目で、浴室を見まわした。

そうだ。おれたちはこの浴室でも、何人もの女を――何十人もの女を犯した。この借家に連れこんで、無理やり酔わせて。

まれにだがスタンガンを使うこともあった。渉太が監禁される寸前、電撃を食らってすぐに「スタンガンだ」と気づけたのもそのせいだ。スタンガンを使えばどうなるか、彼らは誰より承知していた。

アルコール。スタンガン。酩酊（めいてい）。失神（しっしん）。

その後はお定まりだ。

酔いつぶれてぐったりした女を、彼らは数人がかりで輪姦する。女が目覚めたら、なだめて浴室に連れこむ。抵抗する気力も体力も失せた女をまた犯す。「抵抗しないってことは、わかってるな？　和姦だぞ」と言い聞かせる。

訴えられたことはない。警察に駆けこまれたこともだ。

だってそのために、こんな僻地（へきち）の一軒家を借りてるんじゃないか。誰にも助けを求められない、誰にも悲鳴の届かない一軒家に。こんな場所までほいほい付いてくる女のほうが馬鹿なんだ。

——でも、殴ったことはない。

殴る蹴るして、無理やり言いなりにさせたことはない。すくなくともおれはそうだ。ただ酔わせるだけ。軽く一服盛るか、スタンガンを当てるだけだ。

主なターゲットは、田舎くさい新入生の女子だった。

六月までは調子に乗らせ、せいぜいおだてておく。夏になって気を許してきた頃、「みんなも来るから」と過去の画像を見せてこの借家に誘いこむ。男女約二十人でわいわいと海で遊び、バーベキューをし、海岸で花火をしたＳＮＳの画像を見せて、安心させ、油断させる。

だが当日になってみれば、集合場所に来る女子はその子だけだ。あとは男が六、七人である。

その時点で約六割の子は帰る。しかし匠と渉太が、

「ごめん。今年は集まりが悪くてさ」

と謝れば、四割弱の子は納得してそのまま車に乗りこむ。

なぜ乗るかって？　場の空気を壊したくないからだ。「ノリが悪い」と言われたくないからだ。

よその高校から永仁学園大学に進学した女子、とりわけ上京組は〝いい子の優等生〟だ。彼女たちは「なにより和を乱すな」と言われて育っている。

男子は勉強さえできりゃ優等生になれる。だが女子の優等生は、成績プラス空気が読めることが必須条件なのだ。場の空気を壊すやつは、万死に値する。

だから借家に連れこまれた彼女たちは、懸命に〝ノリのいい自分〟を演じる。

かつて彼女たちが内心で憧れていたカースト上位の女子を真似て、「こんなことは、なんでもないわ」というふりをする。

渉太たちが仕掛けるゲームに応じ、負ければ唯々諾々とウォトカのビール割りを飲みほす。このカクテルにはしばしば強い睡眠薬が混ぜられるが、彼女たちには知るよしもない。

そして〝いい子の優等生〟は、輪姦されたあともいい子のままだ。泣きはすれど、けっして逆ギレなんかしない。反抗も抵抗もしない。

驚くほど彼女たちは、みな一様に自罰的だ。

「悪かったのは自分だ」

「自分が馬鹿だったんだ」

「自己責任だ」

そう己へ言い聞かすことに慣れている。

だからこそ幼い頃から〝いい子〟でいられたのだろう。

自分を殺し、不平不満を呑みこみ、涙をこらえて耐えることに慣れている。それでこそ

〝いい子〟だと、大人に教えこまれたままに生きている。

――わかってる。だから、ひどいことなんかおれはしやしない。

一度だって殴ったことはない。無理やり押さえつけたこともない。輪姦後に、みんなと一緒になって多少脅したくらいのものだ。

彼女たちにひどいことをするのは、主に航平だ。

たとえば輪姦した直後、全員の体液まみれの性器を女性の眼前に突きだし「舐めてきれいにしろ」と命じる。ぐったり横たわって身動きもしない女性に、小便をかける。

全裸の被害者の髪を摑んで外に引きずりだし「このまま捨てていくぞ」と脅す。みんなの前で無理やり排泄させる。

裸のままお笑い芸人の真似をさせたり、歌い踊ることを強要する。女性が泣きだすと「笑え。白けるだろ。笑いながらやれ」と怒鳴りつける。「〝わたしは自分からここに来て××××された馬鹿女です。これから一生、ヤリマンとして生きていきます〟と言え」と恫喝する。かつそれを渉太に録画させる、等々――。

――おれは航ちゃ……、航平とは、違う。

おれは航平のようなサディスティックな男ではない。

基本的に、撮影役だ。女性を痛めつけるアイディアを出したことは滅多にない。輪姦自体それほど好きではない。

――そうじゃなくて。なんというか、ただ。

(男同士でわいわいするのが楽しいだけだ)

輪姦なんて、正直言って汚らしい。最初にヤるのは航平か匠と決まっているし、自分にまわってくるのはいつも三、四番目だ。

女子学生はたいてい抵抗する気力もなくぐったりしているか、吐瀉物まみれで気絶しているかだ。マグロみたいに横たわっているだけで、ポルノ動画みたいに喘いで感じたりしない。面白くもなんともない。

だから彼は輪姦には加わらず、撮影するだけのことも多かった。

好みの容姿の女子学生や、あきらかに処女だったときは参加する。けれど、気持ちいいと思うことはまれだった。快感自体なら、セックスよりオナニーのほうが上だといつも思う。

(でも、みんなで盛りあがるのが楽しいんだ)

スーパーフリーの代表者も同じような意見だったらしい。

ネットで読んだ記事だった。代表者が出所後にインタビューを受けていたのだ。その席で、彼はこう語っていた。

〝セックスできる女性を自分だけが独占するのは、仲間に申しわけない気がした〟と。

また彼は逮捕前、仲間たちにこう話していたという。

〝サークルの連帯感は、輪姦を通して強まるんだ〟

〝女は公共物だ〟

わかる、と渉太は思った。

もちろん世間的には非難されるだろう主張だ。人前では言えないと、頭では理解している。

だが心では違った。深く共感できた。

連帯感。公共物。

独占するのは仲間に申しわけない。

——結局、〝男同士でやる楽しいお遊び〟なんだよな。

被害者はそのための道具であり、媒体に過ぎない。だからこそ相手は、自分たちにとって人格のない〝入ってきたばかりの田舎者〟〝舞いあがった馬鹿な新入生〟でなくてはならない。すこしでも情が移った相手では、楽しめない。

輪姦の途中で萎えると、決まって航平が「おまえ、オカマか」「ホモかよ」と罵って笑う。それだってやはり〝男同士のお遊び〟だからだ。

目の前の仲間に認められたいから、いい恰好をしたいから、強がりたいからこそエスカレートしていくのだ。女そのものは、べつにどうだっていいのだ。

(おれはそれがちゃんとわかってる。航平とは違う)

(監禁犯は、ここで犯した女どもの身内？　復讐？　だとしても、おれは航平ほどひどいことはしていない)

(だからおれは見逃してもらえるかもしれない)

(輪姦はした。けれどみんなと同じことしかしていない。撮った動画や画像はみんなでまわし見しただけで、ネットにだってフリートでしか)

(おれのせいじゃない。おれは主犯じゃないおれの計画じゃない)

ノートパソコンに匠のＳＮＳが映しだされる。

次いで監禁犯が勝手に返事をしたとおぼしい、航平や渉太のＬＩＮＥのスクリーンショットが表示される。

渉太は力なく頭を垂れた。

――おれは、なにをやってるんだ。

なにをやってる？　なにを考えてる？　もはや自分でもよくわからない。

壁に打ちつけた額が、いまになって痛みはじめていた。

鎮痛剤の効果が切れてきたんだ、と悟った。痛い。失くしたはずの足の指。剝がされたはずの爪。衝撃にも似た痛みが、脳髄の芯にまでがんがん響く。

——気が狂いそうだ。

天井を仰いだ瞬間、ノートパソコンのモニタが暗転した。

「さて」

抑揚のない声が響いた。例の〝声〟であった。

「さて、寄り道が長かったですが、本題に戻りましょうか」

わずかな沈黙ののち、

「——選べ」

トーンを低く変え、〝声〟は言った。

「おまえらのうち一人を選べ。選んだら、そいつの歯を一本、こちらに寄越せ。叩き折るか、抜くんだ。二人がかりでやれ」

歯？　うつろに渉太は思った。歯を折るか抜けだって？

冗談じゃない。爪より全然、難度が高いじゃないか。

こっちは手足を縛られてるんだぞ。いや、たとえ縛られてなくたって、ペンチやハンマーもなしに、素手でどうしろというのだ。

(ああ、でも)

「成功したら、すぐに鎮痛剤と抗生剤をやる。歯を失くしたやつにも、鎮痛剤と抗生剤はやる。もちろん水もだ」

――鎮痛剤。

――水。

涉太は呻いた。

欲しい、と思った。喉から手が出るほど欲しい。

この痛みを止めてくれる薬。渇きを止める水。気分をふわふわさせてくれる魔法。水と薬。なにを差しおいても欲しい。全財産を擲ってもいい。いや、

(友人を差しだしたっていい)

「連係プレイってやつだな。連帯責任だ」

〝声〟がせせら笑う。

ノートパソコンの画面に、またも航平、匠、涉太の三人が映る。

きっとまたおれだ、涉太は絶望した。二対一で、またおれが選ばれるんだ。

――いやだ、畜生。なんでおればっかり。なんでおればっかり。

さきほどの怒りが、むらむらとよみがえってきた。

匠に対し「殺してやる」とまで思いつめた憤怒と殺意であった。だがいまは匠だけに向かってはいなかった。航平と匠に、等しく向けられていた。

——おれが「頭がおかしい」「いかれてる」と言ったことを、航平は根に持っているはずだ。航平は執念深いやつだ。恨みや怒りを忘れないやつだ。その憤りはきっと、まっすぐおれに向けられる。糞。そうはいくか。おれは黙ってやられたりはしねえ。

「航平の前歯は、差し歯だ」

気づけば渉太は、そう叫んでいた。

「おれは知ってる。リトルリーグのとき打球が当たって、折れて——。健康な歯より、差し歯のほうがずっと抜きやすいぞ。だから航平を狙うべきだ。匠。おまえだってそう思うだろう」

必死だった。つばを飛ばして渉太は喚いた。

「匠、おまえあいつに、金づるだって、財布だって言われたぞ。調子こいてるって馬鹿にされたんだぞ。やりかえしてやろうぜ。なあ匠。そうだろ。おまえだって航平に対しちゃ、いろいろ鬱憤が溜まってるだろうが」

判決はすぐに下った。

二対一だ。

歯を抜かれるのは、航平と決まった。

渉太は思わず吠えた。ちいさく弱々しかったが、それは確かに快哉の雄叫びだった。胸の中には、歓喜しかなかった。

2

大学生の集団レイプ事件を総ざらいした捜査会議のあと、高比良は合田と二時間近く、今後の捜査方針について打ち合わせた。

そしてその夜は青梅署に泊まりこんだ。畳敷きの柔剣道場に、煎餅布団を並べて敷いた雑魚寝である。

目覚めて朝の捜査会議を終え、高比良は朝食に向かった。

工藤おすすめの立ち食いスタンドだった。

「ここのカレー、いわゆる蕎麦屋のカレーライスなんですよ。さらさらじゃなく、黄いろくてもったり系のやつ」

工藤の言うとおり、見慣れた茶いろではなく黄みの強いカレーだった。口に入れてしばらくは甘口なのに、辛さがあとからやってくる。

薬味は福神漬けではなく、自家製らしききゅうりの古漬けの微塵切りだった。独特の風味と酸味があり、もったりしたカレーの後口を爽やかにしてくれた。

「……高比良さんは、ああいうの、扱ったことありますか」

工藤がスプーンを使いながら、ぼそりと言う。

「なにがだ？」

「大学生の、あの手の事件です」

「ああ、まあな」

言葉すくなに高比良は応じた。

「そうですか。おれは専務（センム）入りして間もないもんで、はじめてで……。正直、いい気持ちがしないです」

「だろうな」

高比良はうなずいた。

とはいえ、工藤の初々（ういうい）しい態度もいまのうちだけだろう。彼とて青梅署の刑事生活安全組織犯罪対策課強行犯係である。本庁の捜査一課と同じく、殺人、強盗、婦女暴行、放火、誘拐などを担当する捜査員だ。

——いやでも、じきに慣れることになる。

「工藤くんは二十四歳と言ってたな。じゃあマルSが報道された頃、きみはまだ五歳やそこらだったか」

水を一口飲んで、高比良は言った。

スーパーフリー事件を〝ケースマルS〟の符丁で呼ぶよう、捜査員たちは主任官から通達されていた。

「じゃあ覚えてなくて当然だな。当時はそうとう騒がれたんだが」

「いえ、一応知識として知ってはいるんです」

工藤はささやき声になって、

「しかしどの事件のマル被も、おれから見たらエリート階層の学生ばかりですよ。なぜむざむざ将来を棒に振ったのか、まったくもって理解不能ですね。賢いんだろうに、どうしてそんな簡単な計算ができなかったのか……」

「いやそれが、〝エリートだからこそ〟らしいんだ」

高比良は低く答えた。

「二〇一六年のケースマルTにおいて、犯人の一人はこう供述した。『被害者の女性は偏差値が低かったので、性的玩弄物としか見れなかった』。またマルSの代表者は被害者の一部を『バカ短大』と嘲り、『セックスは好きだが女は嫌いだ』とうそぶいた。自分が男であり、なおかつエリート階層であるという選民意識が、彼らを犯行に向かわせたと言っていいな」

「選民意識、ですか」

「ああ。俗に言うホモソーシャルってやつか」

高比良は薬味をライスにまぶし、かきこんだ。

「じつを言えばおれも、彼らの心理を知りたくて調べたことがある」

「え、高比良さんがですか？」

「なんだ。なにかおかしいか」

「あ、いえ、おかしくはないです」

工藤が慌てたように言う。

「ただその、高比良さんってこう、超然としてるじゃないですか。おれみたいに、つまらないことじゃ悩まないイメージがあったので」

「そんなわけあるか。おれだってきみくらいの歳には、悩める若い捜査員だったさ」

高比良は笑って言葉を継いだ。

「おれも心理学者じゃないんで、くわしかあない。だがホモソーシャルってのは、体育会系などによくある〝男同士の絆〟の亜種らしい。それが悪い意味で連帯されちまったパターンを指すんだろうよ」

言いながら、カレーの残りをスプーンでかき寄せる。

「ホモソーシャルの特徴のひとつに〝世間や社会より、仲間の目ばかり気にすること〟がある。彼らは仲間に〝自分は誰より男らしい男である〟とアピールし、誇示したがる。そのために彼らがとる行動はおおむね二つ。女を下に見て馬鹿にすること、そして同性愛を嫌悪することだそうだ」

「ああ、それはちょっとわかります」

工藤が相槌を打った。

「おれ、学生時代はサッカー部だったんですよ。二個上の先輩たちが、まさにそんな感じでした。応援に来た女子を『ブスばっか』と笑ったり、ネットで観たホモＡＶのネタをやたら連呼したり。おれらの代には、もうそういうノリは廃れてましたけど」

「そいつはありがたいな。いまの若者たちに希望が持てる」

と高比良は首肯して、

「ともかくだ。一度ホモソーシャルな関係ができあがってしまうと、彼らは仲間に絶えず〝自分は女と同性愛者が嫌いだ〟とアピールし、かつそれを証明しなくてはいけないんだな。たとえば飲み会のあと、部下に『風俗をおごってやる』と言って連れまわす上司がいるだろう。あれが典型的だ。〝女を金で買えて、かつ同性愛者ではない男だと証明できる〟買春は、彼らには一番てっとり早いわけだ。それがエスカレートし、かつさらに強い連帯を求めはじめると、ソーシャルは買春を飛び越えて輪姦へ走るようになる。

こう言っちゃなんだが、輪姦なんてのは汚れ作業もいいとこだからな。まともな神経でできるもんじゃない。〝男の絆〟だの〝連帯〟だのいう綺麗ごとでごまかさなきゃ、汚らしいだけの行為だ。精神的にも物理的にもな」

高比良はカレーの残りをきれいにたいらげた。小声でこんな話をしながらでも、食事をつづけられるのが捜査員の図太さである。

「ホモソーシャルか……」

工藤が氷水の入ったピッチャーを引き寄せ、高比良のコップに注いだ。

「いや、おれだってそういうの、わからないわけじゃないです。友達にいい恰好したいとか、見栄張りたいとか当然考えますし。ぶっちゃけ警察官になったのだって、仲間にすげえと思われたいから、ってとこありますもん」

「ははっ」

高比良は思わず笑った。

「いいな、工藤くん。きみはいい。警察組織はまさにホモソ的集団の最たるものだが、その若さで自覚があるのは素晴らしいよ。自覚は重要だ。己をかえりみて律するのに、これ以上大事なものはない」

「そうですか？」

工藤は考えこんでから、顔を上げて叫んだ。

「あっ、わかった。高比良さん。おれのことからかってるでしょう」

「いやいや違う。本気で言ってるよ」

口を尖らす工藤に、高比良は笑って手を振った。

「きみみたいな若手が増えてくれるのは、本気でありがたいんだ。警察組織も世代交代が進んでるし、そろそろ意識改革しないとな。残念ながらいまのままじゃあ、有能な捜査員ほどリタイヤ……」

そこまで言いかけ、高比良は言葉を呑んだ。

荒川署の元部長刑事、浦杉克嗣の顔が浮かんだからだった。

例の実娘の拉致事件の直後、浦杉は警察を辞めた。いまは警察ＯＢの斡旋で、自動車教習所の教官をしていると聞く。

元警察官にはよくある就職コースだ。収入はある程度安定しており、危険もなく、毎日定時に帰宅できる。家庭の平穏を取り戻したい男にとっては、申しぶんない環境となったはずだ。

――本心から、家庭の平穏を取り戻したい男ならばだ。

「高比良さん？」工藤の声がした。

はっと高比良はわれに返った。

「ああいや、すまん」

スタンドのメニュー表を見上げ、急いで言う。

「へえ、ここはブレンドコーヒーもあるんだな。目覚ましに濃いのを一杯飲んでいこう。もちろんおれのおごりだ」

その後コーヒーを飲みながら、二人は今後の動きを確認した。

昨夜、二時間かけて永仁学園の中等部ならびに高等部の卒業アルバムを確認した。しかし〝貝島〟姓の生徒は残念ながら発見できなかった。

立石繭は、高比良が立ち去ったあとこう証言したらしい。

――わたしも噂しか知らないんですけど、誰かが集団レイプされて、その動画や画像をネットに流されたとかなんとか……。

――その関連で、瀬尾航平と子分たちが貝島さんをリンチしたようなんです。貝島さんが、そのレイプされた子の身内か彼氏だったみたいで。

――貝島さんの下の名前？　ええと、ミチヤです。あの人はバド部じゃなかったんで、漢字まではわかりませんけど。でも里見先輩がいつも『ミチヤ、ミチヤ』って呼んでたから、そこは確かです。

——木戸さんたちが留学したのは、そのリンチ事件のほとぼりを冷ますためだったみたいですね。表沙汰にこそならなかったけど、けっこう大きな噂になりましたから。ドラマとかで言う〝経歴ロンダリング〟っていうのに近いかな？　中等部から高等部に上がって、さらに留学を経れば、わりとみんな忘れちゃいますもん。

——これも噂ですけど、瀬尾航平の子分の阿久津って人が、すごいお金持ちなんですよ。その人の親が、留学のお金をほとんど出したんじゃないか、って言われてます。

——もちろん噂なんで、どこまでほんとかわかりませんけどね。でもすっごく甘い親なのは、事実みたいです。…………

高比良は工藤を見やった。

「うちの合田主任官が、捜査支援分析センター（SSBC）に新たな要請を出した。もしマル害が六年前にSNSをやっていたなら、該（ガイ）アカウントを掘り起こしてほしい、とな」

六年前、つまり木戸紗綾が中等部三年生のときのアカウントだ。

蘭の言うとおり「誰かが集団レイプされ、動画や画像をネットに流された」のなら、航平の恋人であった紗綾もその動画を共有した可能性が高い。

——なにしろ彼女は、女王蜂だったんだからな。

高比良はつづけた。

「今後おれたちはマル害の過去を洗い、彼女にいじめられた被害者を探す。並行して永学大のイベントサークル『FESTA』も洗う。その結果によっては通信会社に、マル瀬たちのスマホ履歴の開示請求をかけなきゃならん。マル里も同様だ」

マル瀬は瀬尾航平、マル里は里見瑛介の符丁である。

ちなみに立石繭とその親の口座を任意で確認させてもらったが、不審な出金は見当たらなかった。繭が主犯ならば、金で実行犯を雇うほかなかっただろう。しかしその証拠は、いまのところ発見できていない。

繭の証言は主観的で、感情的だった。しかし大きな矛盾はなかった。

ひとまず繭は、第一容疑者の座からはずされることになった。

工藤がコーヒーを啜って、

「マル里のスマホは、あいかわらず電波が入らないようですね。大学に提出した宿泊先を調べたところ、確かに基地局がまわりに存在しない場所でした。登山道からさえ離れてるんですよ？　まったく、秘境もいいとこです」

と顔をしかめる。

高比良は薄く苦笑した。

「まあ、秘境だからこそフィールドワークに向いてるんだろうさ。ともかく長野県警の捜査共助課には、捜本（ソウホン）から一報入れておいた。今後の捜査によってはマル里の身柄を押さえることになる。そのせつはどうかよろしく、とな」

そう言ってコーヒーを飲み干す。

意外にうまいブレンドコーヒーであった。十二分に濃いのに酸味が控えめで、日本人好みの味だ。

工藤もコーヒーを干してから、「ですが」と声を落とした。

「ですが、もし動機がこの線だとしたら――マル害に過去にいじめられたり、その、アレされた子の復讐だとしたら、やりきれませんよ。法律の番人がこんなこと言っちゃいけませんが、『正義はどっちだよ』って心境になっちまいます。もちろん私的制裁がよくないってのは、頭じゃ理解していますが……」

「わかるよ」

高比良はうなずいた。

「気持ちはよくわかる。おれも正直、きみと同じ考えが頭をよぎった」

雨が近いのか、空気は湿った土の匂いがした。ぬるい風が頬を撫でていく。

「だが〝社会の敵〟と〝犯罪者〟は違うからな……。おれたちサツカンが追うのは、あくまで犯罪者のほうなんだ」

その声音は、われながら苦みをはらんでいた。

3

涉太は三たびの注射を受けた。

歯を抜かれるのが「航平だ」と決まった直後であった。

気づいたときには例の物置小屋にいた。そして航平と匠も、小屋に同じく転がされていた。むろん手足は縛られたままだ。前と違う点は、航平の口のガムテープが剝がされたことくらいであった。

――痩せたな。

二人を見て、涉太は真っ先にそう思った。

時間の感覚はとうに失ったものの、この監禁が十日を超えたとは思えない。だが航平と匠は、異様にげっそりして見えた。皮膚には潤(うるお)いがない。頰が削げ、老人じみた肌になっていた。

航平はひどく静かだった。口が自由になったのに、叫びも唸りもしなかった。悪態をつくことさえなかった。扉に体当たりもしなかった。

航平は無言で、芋虫のように身をくねらせた。そして渉太に向かって這ってきた。

渉太は短い悲鳴を放った。

航平の血走った眼球は、まっすぐに渉太をとらえていた。

怒っている。渉太は悟った。

こいつは、航平は、おれに「頭がおかしい」「いかれてる」と言われたことを忘れていない。根に持って、憤怒している。

――やられる前にやる、と決めているんだ。

――こっちがやつに飛びかかる前に、おれの歯を叩き折ろうと目論んでいる。

ルール上それが〝有り〟なのか、渉太は知らない。あのいやったらしい〝声〟は、

「おまえらのうち一人を選べ。選んだら、そいつの歯を一本こちらに寄越せ。二人がかりでやるんだ」

としか言わなかった。「返り討ちは認めない」とも、「ルールは厳密だ」とも言っていない。

――だが事前に選ばれたやつの歯を捧げたほうが、いいに決まってる。

渉太は這って航平から逃げた。逃げながら、匠と目を合わせた。

思いは一瞬で通じた。通じた気がした。匠もまた、航平に長年の鬱憤を溜めこんでいるはずだった。今回は航平だ。渉太は匠と心をそう通じあわせた。

――だって〝声〟に、そう約束したのだから。

いまや〝声〟の意思は絶対だった。

〝声〟の機嫌をそこねることに比べたら、航平の怒りなどものの数ではなかった。

匠が床の上で反りかえり、跳ねた。

渉太目がけて這っていた航平に、真横から匠はぶつかった。文字どおりの体当たりであった。

航平がひるむのがわかった。

その隙に、渉太は反撃の体勢を整えるべく、体を反転させようとあがいた。

航平から逃げては駄目だ。向かっていかねばならない。進行方向を、百四十度以上変える必要があった。

だが容易ではなかった。手も足も縛られており、おまけに鎮痛剤は切れかけていた。動くたび、激痛が脳天まで突き抜けた。

(これ以上痛くなりたくない)

(歯を抜かれるなんてまっぴらだ。爪は耐えられても歯は、おそらく歯のほうは)

渉太は身をよじった。

床に幾度(いくど)も肩や額や顎をぶつけながら、ようやく体の向きを変えた。

驚くことに、匠はまだ航平と五分の戦いをつづけていた。すくなくとも、負けてはいなかった。

顔じゅうを涙と洟とよだれでぐちゃぐちゃにしながらも、航平に押さえこまれることなく体をねじり、避け、懸命に抵抗していた。

いや、驚くことではないのだ。渉太は思った。

拘束された状態でも、もし三人が立たされていたなら航平の圧勝だったろう。二対一の不利をものともせず、渉太たちを制圧していたはずだ。航平には長身の利がある。なにより暴力に、喧嘩に慣れている。

体格や腕力の差だけではなかった。渉太と匠には、航平に対する畏怖がある。下手をしたら、対峙しただけで降参したかもしれない。

——しかし拘束され、かつ転がされた状態なら。

飢えて渇き、渉太も匠も死にもの狂いにならざるを得ないとしたら。その上、二対一ならば。

——条件は五分に近い。いや、おれたちのほうが有利だ。

渉太は吠えた。吠えながら上体をのけぞらせ、反動を付けて思いきり航平にのしかかった。

航平が悲鳴を上げるのがわかった。

はじめて聞く航平の悲鳴だった。それは意外なほど甲高く、渉太は一瞬笑いそうになった。笑い声こそ洩れなかったが、顔の筋肉が緩んだ。

異様なにたにた笑いを浮かべたまま、いま一度渉太は反動を付けて、航平に己の体を叩きつけた。全体重を乗せてのボディプレスだった。

「うげえっ」

航平が呻いた。こころよい響きだった。もっと聞きたい、とさえ思った。

脳のどこかで、かつての担任の声が響いていた。

――作風はかなり違えど、芥川龍之介と菊池寛は、どういうわけか仲がよかった。とくに芥川は、菊池を兄とも慕っていたようです。

なぜだろう、こんなときなのに、あの日の光景がよみがえる。

教室に航平がいて、匠がいて、紗綾が枝毛を切っていて。その二列前には、里見瑛介がいる。さらにその隣席には、貝島道哉が座っている。

道哉。貝島道哉。

里見瑛介の〝親友〟だった。

親友。シンユウ。いま思いかえしても、笑える響きだ。なんだよそれ、青春ごっこかよ、としか思えない。だがあいつらは、大真面目だった。

涉太は航平にのしかかったまま、身を左右に振ってのたうった。

航平の汗と自分の汗で、体がぬるぬる滑る。おそろしく不快な感触だった。

涉太は無意識に、「死ね」「死ね死ね死ね」「殺す」と喚いていた。

だが涉太だけではなかった。航平も、匠も叫んでいた。お互いに「殺す」「ぶっ殺す」「黙れ」「諦めろ」と、かすれた声で喚きあっていた。

心はまるで痛まなかった。こうなって当然のような気さえした。お互いのつばが顔にかかり、何日も磨いていない口腔と息が臭った。

――菊池が多忙だったため二度とも会えなかったようですが。

――それほどに特別な盟友だったんでしょう。

（盟友）

（友情）

（男の友情）

ぎゃっ、と高い悲鳴が響いた。

涉太は首をもたげた。匠の頭突きが航平の口に当たったのだ、と一拍置いて悟った。だが次の瞬間、涉太は航平に振り落とされていた。

航平の口から、血が流れているのが見えた。

涉太自身もいつの間にか負傷したらしい。唇の合わせ目に、血が流れこんできた。だが痛みは感じなかった。体を駆けめぐるアドレナリンが、痛覚を麻痺させていた。

間を置かず、匠が航平に二度目の頭突きを見舞った。

頭蓋と頭蓋がぶち当たる音がした。今度は航平は声を上げなかった。無言だった。

涉太は力を振りしぼり、いま一度首を持ちあげて航平を見た。

航平の顔は血まみれだった。鼻からも、口からも出血していた。

涉太はいまにも気を失いそうな己を叱咤し、航平の体に這い寄った。彼の腿に乗り、腹に乗りあげた。

ふたたび、耳に「ぎゃあっ」という悲鳴が届いた。

しかし今度は航平の声ではなかった。匠の悲鳴だった。

涉太は目を上げて、見た。航平が匠の耳殻に嚙みつき、犬のように頭を振っているのを見た。

航平の瞳の色が変わっていた。双眸に怯えと恐怖をたたえた航平を、涉太はこの十年ではじめて目にした。航平は怯えながらも匠の耳を嚙みしめ、必死に首を振り立てていた。

匠の悲鳴が長く尾を引いた。

軟骨のちぎれる音がした。いや、実際に聞こえたかは知らない。だが、聞こえた気がした。

航平の歯が、匠の右の耳殻を三分の一ほど噛み切っていた。噛みちぎった耳殻を歯でくわえたまま、彼は喉をのけぞらせていた。

渉太は猛然と動いた。考えずとも、体がひとりでに動いた。航平の体の上を全速で這い、その喉に噛みついた。

喉の皮膚はぞっとするほど柔らかく、よく伸びた。血管ごと食いちぎれそうだ、とさえ思った。

航平が叫び、匠の耳を放した。

その口は血まみれだった。匠の顔半分も血にまみれていた。鮮血(せんけつ)の中、二人の眼球だけがぎょろぎょろと白かった。

匠が航平の鼻めがけ、三度目の頭突きを食らわせた。

渉太の目にも、効いたのがわかった。

航平が白目を剝いた。眼球がぐるりと裏返る。駄目押しのように、匠がいま一度真上から頭を振りおろした。

航平の顔面はいまや、ケチャップをかけすぎた生のハンバーグそっくりだった。鼻が折れ、つぶれていた。口がなかば開き、歯列が見えている。

渉太は身をくねらせて突進し、航平の口に噛みついた。

航平の血はなまぬるく、鉄錆と塩の味がした。

吐きそうだった。しかし吐いている暇はなかった。

渉太は舌で航平の歯の位置を探し、その前歯を噛んだ。上下の歯で、しっかりと挟みこんだ。

傍目には男同士でキスしているように見えるだろうな。渉太は考えた。

皮肉なもんだ。あんなにホモを毛嫌いしていた航平と。ことあるごとに他人を「オカマ野郎、なよなよすんな」と罵っていた航平とだ。

――えー、対象は同一でもとらえる角度が違えば、見えるもの、感じるものが異なって当然なのであります……。

脳内で、元担任が話しつづけている。

――主人公は自分が感じたとおり、海を代赭色に塗る。しかし彼の母親は……。

(母さんが悪い。母さんがおれのロニーを捨てた。あのときからすべてが狂った)

(おれがこんなことになったのも、全部母さんのせいだ。ロニーさえいれば、おれはこんな人間にならなかったロニーロニーロニー)

渉太は航平の差し歯を嚙み、渾身の力をこめて首を左右に振った。さきほど航平が匠の耳を食いちぎった、そのままの仕草だった。

航平の息が臭い、血が臭った。だが放す気はなかった。匠もまた、航平にのしかかって渉太に味方していた。

差し歯がぐらつくのがわかった。一気に引き抜いた。

なぜかその瞬間、脳裏で瑛介と道哉の顔が弾けた。

——道哉。

ああそうだ。

もとはといえば、紗綾がいけなかったんだ。

あいつは、道哉はなかなかの美少年だった。紗綾は道哉に食指(しょくし)を動かした。ちょっかいを出そうとしたのだ。航平と付き合っていたくせに。彼女だったくせに。

道哉には〝親友〟がいた。里見瑛介だ。

瑛介はあきらかに紗綾に気があった。なのに紗綾は、瑛介のほうには目もくれなかった。

その図式を面白がって、航平がからかい半分でやつらを仲間に引き入れたのが、ことのはじまりだった。

そんな真似ができるくらい、あの頃の航平は紗綾に対して余裕があった。自分から離れていくまいと、たかをくくっていた。

当時の航平は帝王で、暴君で、同時にあやうかった。

野球を失い、家に居場所はなく、父親を見かえすための手段もなくして。そんな彼の、やけっぱちなお遊びだったのだ。仲間を二人、増やしたことは。

——だからおれたちは一時期、男五人のグループだった。

——航平。すべて航平が決めたことだ。

(紗綾と航平)

その航平はいまや、息も絶え絶えだった。鼻血で窒息しかけているかに見えた。もはや声も上げられず、喉でぜいぜいと喘いでいる。

しかし力が尽きかけているのは、渉太も同じだった。

渉太は床に、航平の差し歯をつばとともに吐きだした。

全身が鉛のようにだるい。細胞を駆けめぐっていたアドレナリンが、急速に引いていくのがわかる。もう首をもたげていられなかった。ぐったりと、航平の上に頭を垂れた。

痛みと疲労と渇きと空腹と絶望とが、彼を打ちのめしつつあった。渉太はまぶたを閉じた。なにも考えたくなかった。

だがその耳に、どこかのスピーカーから〝声〟のつぶやきが届いた。

「——ミキのかたきだ」

と。

誰だそれ。ぼんやりと渉太は思った。

ミキだって？　誰だよそんな女。知らねえよ。

おれたちが輪姦（マワ）した女か？　ああ、きっとそうなんだろうな。この借家で。いや、もしかしたらこの小屋でだったかもな。浴室も使ったかもしれない。

そのミキってやつは、どうしたんだ？

退学したのか？　病んだのか？　それとも自殺したか？

そういや何人かの女が、運悪くネットで動画を拡散されたらしい。だがそれはおれのせいじゃないぞ。おれは「仲間内でだけ共有しろ」と口酸（くちす）っぱく言った。ＳＮＳに上げるときだって、二十四時間で消えるフリート機能しか使わなかった。外部に洩らしたのは、拡散させたのはおれじゃない。

（だからおれは悪くない。母さんのせいだ母さんがロニーを）

――どいつが、ミキだったんだろう？

朦朧としつつ、渉太は考えた。

ネットで拡散された女子学生がミキか？　それとも航平に頭から小便を浴びせられた子か？　退学して田舎に帰っていった子か？　ずっと血が止まらず、帰途の車内で「痛い、痛い」とすすり泣いていた子か？　精神科に通いはじめたと、ＳＮＳで泣きごとを書いていた子か？

——どいつがミキだよ。わかんねえよ。

その思考を最後に、渉太の意識は途切れた。

4

高比良たちは引きつづき、木戸紗綾の元同級生や、チアリーディング部の元後輩から話を聞いてまわった。

応じてくれたのはたったの三人だった。また全員が判で押したように、

「わたしが言ったたって、絶対洩らさないでくださいね」

と幾度も念押ししてきた。

一人目は紗綾の中等部時代の同級生であった。

一年生から三年生まで同じクラスで、現在は千葉県の大学に通っているという。

「……被害に遭ったのは、わたしの友達です。なにもしていないのに、木戸さんに目を付けられていじめられたんです」

マンションのエントランスの片隅で、彼女は声を殺して語った。

「いじめの内容？　……それ、言わなきゃ駄目ですか？　あまり言いたくありません。友達の、プライバシーにかかわることですし」

「もちろん詳細でなくて結構です」

高比良は手を振った。

「おおよそでかまいません。たとえば〝大勢で一人を〟だったかそうでなかったか、男子生徒もいじめに加わったか否か、等を教えていただけますか」

「……どっちも、イエスです」

彼女は唇を嚙んだ。

「木戸さんはクラスの女王さまで、取りまきがたくさんいましたから。それに、おっかない彼氏がいて……。誰も、逆らえなかったんです」

「その彼氏の名前を、教えていただくことは可能ですか？」

工藤が問う。

すこし迷ってから、彼女は「瀬尾くん」と答えた。

「瀬尾航平くんです」と。

「瀬尾はあなたの友達へのいじめに、どの程度関与しました？」

「わたしの友達に対しては、直接的な関与はなかったと思います。木戸さんが撮った画像

――その、友達がいじめられてる現場の画像を、プリントアウトして彼が黒板に貼ったりだとか、その程度でした。でも木戸さんの命令で、瀬尾くんたちに集団レイプされた子も……いたみたいです」

頬が苦しげに歪んだ。

高比良は意図的に無表情を保ち、問うた。

「集団レイプの被害者の名は、おわかりでしょうか？」

「いえ。画像だか動画だかがネットに流出したという噂は聞きましたが、顔は映っていなかったそうです。わたしは観てもいませんから、全然です。噂だけは、いっぱい聞きましたけど」

「どんな噂です？」

「……三年生の途中で、公立に転校した男子がいたんです。集団レイプ事件のことで瀬尾くんたちと揉めて、学校に来れなくなったって聞きました。その人の親しい相手が、瀬尾くんたちにアレされたらしいって、みんなが」

「その転校した男子の名前は？」

「貝島ミチヤくん、です。道路の道に、善哉（ぜんざい）の哉」

喉につかえたような声で彼女は答えた。

高比良は手帳を閉じ、言った。

「つらいことばかり思いださせて申しわけありません。では最後に、これだけ教えてもらえますか。あなたのお友達が木戸さんにいじめられた期間は、どれくらいでした？　そのいじめは、性的な虐待行為を含みましたか？」

短い沈黙ののち、元同級生は声を落とした。

「期間は、二年生の夏から秋にかけて、三箇月くらいでした。冬になる前には、ターゲットは変わってたと思います。あの人たち、いつもいじめる相手を探してましたから……。おもちゃと同じなんです。いじめるだけいじめて、飽きたらポイ。いじめられた側は、忘れられずに何年も苦しむのに。そんなこと、考えもしないんです」

目じりが引き攣れていた。

「それから、あとのほうの質問は――そういう行為を含んでいたかの答えは、はい、否定しません……」

二人目は元チアリーディング部で、紗綾と同学年の女子学生だった。現在は永仁学園大学英語英文学科の三年生だという。

「わたし、チア部でずっと木戸さんと組まされてたんです」

きびきびした口調で彼女は言った。

「気が合わない相手でした。正直に言えば苦痛でしたね。でもわたしは彼女と同じくらい巧かったから、いじめの対象にはなりませんでした。あの人が狙いを付けるのは、自分より弱い相手ばかりなんです」

最初からぶちまける気でいたらしい。口調が、やや過剰なほど勢いこんでいた。

「もしくは彼女のプライドを傷つけた相手ですね。もしわたしが大舞台でヘマをしたり、彼女の足を引っ張るような真似をしたら、標的にされてたかもしれません。でもさいわい、わたしは卒業まで彼女と〝同格〟のままでした」

「そうですか。えー、こんなことを言うのは失礼ですが」

咳払いして工藤は言った。

「木戸さんが恒常的にいじめをしていたなら、あなたは止めようと思わなかったんですか？」

「そりゃ止めたかったですよ」

彼女は声を尖らせた。

「木戸さんのバックに、瀬尾航平さえいなければね。――責められても困ります。こっちだって、木戸さんのせいで後輩が萎縮して、いい迷惑だったんだから」

ここでも瀬尾か。高比良は思った。

木戸紗綾と瀬尾航平は、よほど似合いのカップルだったらしい。中学生の交際にしては珍しいケースだ。彼らの他罰的な性格と嗜虐性が、パズルのピースのようにぴったり合致したのだろうか。

――だとしたら、共通の敵がいるときほど親密さを増しただろう。

「木戸さんのいじめが、具体的にどのような行為だったかお訊きしていいですか」

高比良は問うた。

「わたしは当事者じゃありませんから、あくまで風聞ですが」

と彼女は前置きして、

「無視とか陰口じゃなく、直接的ないじめが多かったようです。たとえば裸の写真を撮るとか、顔だけ隠したそれをクラスの黒板に貼ってさらし者にするとか、人前でいやらしいことをさせて動画におさめるとか……。やられた子は当然恥ずかしいし、親にも言いづらいですから、たいてい泣き寝入りでしたね」

と答えた。歪めた口もとに、嫌悪と軽蔑が浮いていた。

「集団レイプされた生徒もいる、とお聞きしましたが」

「ああ、そういう噂もありました」

彼女はうなずいた。

「三年生の、冬休み前だったかな。噂がばーっと立ったんです。でも被害者が誰だったのかは、いまもさだかじゃありません。自殺がどうとかって噂もありましたが、それもあいまいです」

「学校側は、問題にしなかったんですか？」

「一時期校内がざわざわしてたから、一応なにかしらあったんだと思いますよ。でも、阿久津の親が押さえこんだみたいです」

「阿久津――阿久津匠ですね」

手帳に目を落とし、高比良は相槌を打った。

瀬尾航平と同じイベントサークル『FESTA』の部員だ。そして現在、航平とともに大阪へ旅行中の〝仲間〟でもある。

「阿久津の実家はお金持ちで、永学に毎年高額な寄付をしてますもの。だから学校側も強く出れないらしいですよ」

「彼は高等部に上がってすぐ、瀬尾航平たちと留学していますね」

「ええ。例のあやしいメンバーでいっせいに留学した件ね。それも阿久津の親が主導したみたいです」

彼女は鼻で笑ってから、「もちろんこれも、噂に過ぎませんけど」とおざなりに付けくわえた。

　高比良は平板に問うた。

「リンチや集団レイプの噂に絡んで、転校した生徒までいるそうですが」

「ああ、貝島くん」

　さらりと彼女は言った、次いで首をかしげる。

「でも彼、べつにいじめられてなかったと思いますよ。彼がリンチされたって聞いたときは驚きでした。むしろ、瀬尾のお気に入りだと思ってました」

「お気に入り、と言うと？」

「そのままの意味です。瀬尾って、阿久津と乾と三人でずっとつるんでたけど、あの時期は貝島くんと、もう一人、えーと」

「里見瑛介ですか？」

「ああそう。その人です。あの時期だけ瀬尾たちは、貝島くんと里見くんを足した五人グループだったんです。とくに里見くんは、真面目っぽかったから意外でした」

「貝島は、さほど意外じゃなかった？」

「というか……なんて言えばいいんだろ。説明がむずかしいです。とにかく貝島くんは、里見くんより全然馴染んでましたよ。さっきも言ったように、瀬尾とうまくやってたんです。

貝島くんって不良っぽいわけじゃないけど、なんというかこう、独特な雰囲気があって」

「貝島くんの下の名前はご存じですか？」

「名前？　道哉、だったと思います」

よし、と内心で高比良はうなずいた。紗綾の元同級生の証言と一致する。くだんの生徒は、この姓名でほぼ間違いないだろう。

「同じクラスになったことはないですが、わたしの友達が『道哉くんって可愛いよね。好みのタイプ』と言ったから覚えてるんです」

「女子にモテる子だったんですね」

「モテるっていうか、うーん」彼女は考えこんで、

「阿久津とは、また違った方向の美少年でしたよ。瀬尾と対等に付き合ってるように見えたのも魅力だったみたい。阿久津や乾みたいに、必死に瀬尾にひっついてる悲愴感が貝島くんにはなかったから」

──瀬尾にひっついてる悲愴感、か。

なかなか辛辣だ。高比良はひっそり苦笑した。

──だが貝島道哉が、瀬尾航平と仲がよかったとは意外だな。

ぼんやりと思い描いていた貝島像を覆す評価だ。

ということは、二人はどこかで仲たがいをしたのか。道哉は美少年だったというから、木戸紗綾を挟んで一悶着(ひともんちゃく)あったのかもしれない。

——いや違うな。〝挟まれた〟のは、集団レイプされたという女子生徒か。

その女子生徒と紗綾は、いったいどう絡むのだ？　航平と紗綾。道哉と謎の少女。その四人で、恋愛関係のもつれが起きたのか？

くだんの女子生徒はどうやら転校しなかったらしい。代わりに話題にのぼるのは、彼女と関係があったとおぼしき貝島道哉ばかりだ。

——これほど永学内に噂が広まりながら、女子生徒の名は割れなかった。

となると、他校の生徒と見るべきか？

頭の片側で考えながら、高比良は問いを継いだ。

「では質問を変えます。永学のイベントサークル『ＦＥＳＴＡ』について、ご存じなことがあれば教えてください」

「……ああ、はい」

彼女の顔が目に見えて曇(くも)った。

「そうですよね。瀬尾の名前が出て、集団レイプがどうとかいう話になったら——やっぱり、そっちに行きますよね。今後の永学の名誉にもかかわる噂ですから、わたしとしてはお話ししたくないですが」

「ということは、あなたもくだんの噂を承知しているわけだ」

やんわり高比良は言った。

彼女が不快そうに首肯する。

「そりゃ、いやでも耳に入ってきますから。承知してたって、こっちは後輩に注意喚起するくらいしかできませんし……」

「瀬尾が、いえ瀬尾さんたちの代が入学する前から、『ＦＥＳＴＡ』は悪名高いサークルだったんですか？」

工藤が尋ねる。彼女は首を振った。

「わかりません。ただわたし個人としては、入学前に先輩たちから悪評を聞いた記憶はないと思います」

その後すこし考えてから、「これも、わたしの個人的な体感ですが……」彼女は付けくわえた。

「いま思えば、例の集団レイプ事件の噂を機に、いろいろと変わった気がします。もちろんそれ以前も、瀬尾はたちの悪いいじめっ子でした。けれどしょせんは子どものやること、という空気があったんです」

言いにくそうに言葉を選ぶ彼女に、

「でも集団レイプとなれば、話は変わってくる？」

と高比良は助け舟を出した。

「そうです。そのとおりです」

彼女が大きくうなずいた。

「本人たちもそうですが、周囲の態度も変わりましたもの。——彼らの留学を経て、表向きのほとぼりは一応冷めました。でもあの事件をきっかけに、確実に瀬尾たちはずる賢くなりました。凶悪化した、とも思います。いま『ＦＥＳＴＡ』で起こってることが、そのいい証拠ですよ」

彼女は上目遣いに高比良を見て、

「刑事さんたちは、木戸さんの殺害について捜査してるんですよね」と問うた。

「じゃあ婦女暴行のほうって、また別の捜査になるんですか？　あなたたちは瀬尾を、逮捕できないんですか？」

その双眸に、嫌悪と怒りが燃えていた。

もちろん証拠と証人さえ揃えば逮捕できる——。そう請け合い、高比良たちは彼女に礼を言って去った。

三人目は元チアリーディング部の後輩だった。

そして唯一の、紗綾にいじめられた〝当事者〟であった。

「つらいようでしたら、ぼかして語ってくださっていいんですよ。この件で裁判をするわけじゃありませんから、詳細な供述調書も取りませんし」

と申し出る工藤に、彼女はかぶりを振った。

「いいんです。話します。……もう木戸先輩はいませんものね。死んだ人って、どうしても美化されがちじゃないですか。だからこそ、話しておきたいんです。死んだからって、木戸先輩を『いい人だった』なんてことにされたくない」

苛烈(かれつ)な口調だった。

そして、元後輩は語った。

最初は無視や、裏サイトでの陰口からはじまったこと。次第に多勢に無勢での、暴力をともなういじめになっていったこと。そのいじめに瀬尾航平たちまで参加してきたことを。

いじめの内容は多岐(たき)にわたった。

大勢で囲んで「インターネットにみずから裸の写真を上げろ」と強要する。セクハラの多い男性教師や、いじめられている男子に愛の告白をするよう命ずる。いじめられっ子同士で性行為の真似ごとをさせる。見ず知らずの男と出会い系でやりとりさせた上、その男とリアルで会うよう強いる――。

「さいわい、その段階で、わたしは親に相談できました」

そう語る元後輩の声は震えていた。

頬は蒼白で、唇もわなないていた。傷はまだ癒えていないのだと、その表情がなにより雄弁に物語っていた。

「でも、屈辱でした。……『なぜすぐ親に言わないんだ』って、被害者側を責める人がよくいますけど、当事者でもないのになぜ簡単に言えるんだろうって、いつも不思議です。い、いじめられてるってこと、自分自身で認めるのさえ、大変なんです。ましてや、親に言うだなんて……。心配させたくないとか、いじめの内容を言いたくないとか、いろいろあるじゃないですか。それが、は、裸とか、そういうのを含むいじめだったら、なおさらです」

いまや元後輩の顔は、紙のように白かった。

高比良は「そうですね」とだけ言い、うなずいた。

「それで、親御さんに相談してからはどうなりました？」

「……まず、部活を辞めました。あとは親に任せましたが、顧問から指導が入って解決しました。もちろん完全に円満な解決じゃないですけど――。すくなくとも、わたしは木戸先輩から解放されました」

「大ごとになったり、表沙汰には？」

「なりませんでした。もちろんそれは、わたしがそう望んだからですが」

元後輩は、乾いた唇を舐めた。

喉もとに大きな塊が詰まったような声音だった。

「目立ちたくなくて、休学や転校はしませんでした。でもその後も何年か、心療内科に通いました。……こんな言いかたはいやらしいですが、うちの親にも、そこそこの力があってよかったです。そうでなかったら、完全に無視されて、揉み消されて——じ、」

ごくりと喉仏が動いた。

「じ——自殺まで、追いこまれていたかも、しれません」

工藤が痛ましそうにまぶたを伏せるのを、高比良は横目で見守った。

最後に貝島道哉について尋ねると、

「さあ。知らない名前です」

と彼女は即答した。嘘はなさそうだと高比良は見てとった。

時刻はすでに夜の八時をまわっていた。高比良は工藤をうながし、署に戻った。

合田主任官への報告がてら、二人は捜本に集まったいくつかの情報を入手した。

まず貝島道哉が卒業アルバムに載っていなかったのは、やはり公立中学に転校したからであった。

日本の制度では、卒業時に在籍した学校のアルバムに載るのが普通である。しかし転校先の中学にも、彼は痕跡を残していなかった。

当該中学の事務員の言では、貝島道哉は一日たりとも登校しなかったという。登校せぬまま、彼はその中学から除籍されていた。

除籍理由は「死亡」である。

転校先に出席せぬまま、二月なかばに彼は自殺したのだった。

――噂にのぼった〝自殺者〟とは、貝島道哉か。

高比良は思わず眉根を寄せた。

自殺したとされる生徒について、情報があやふやだった理由がようやくわかった。転校し、永仁学園とは縁が切れてからの自殺だったからだ。

二月なかばなら、エスカレータ式の永仁学園であっても卒業シーズンである。他校に消えた生徒の情報が、多忙の中にかき消されても不思議はない。

――とはいえ人ひとりが死んだんだ。かかわった生徒が留学で〝経歴ロンダリング〟したのも当然だな。

「貝島道哉が転校先の卒業アルバムに載らなかったのは、遺族の意向らしい」

合田は言った。

「貝島は早くに両親が事故死し、祖母と二人暮らしだった。祖母の貝島泰子は生きてりゃ七十七歳のはずだが、現在連絡が取れん。永仁学園および公立中学に登録されていた川崎市の住所には、すでに赤の他人が住んでいた。また携帯電話と固定電話も解約されていた」

「マル害が中学生の時点で、これなら」

工藤が声を詰まらせた。

「高校、大学と追っていけば、どれほどの埃が出るか――いや、被害者が判明するか、わかったもんじゃありませんね」

「ああ」

合田がうなずく。

「こりゃ動機からたどるのは骨かもしれん。むろん、動機を持つ者がありすぎてだ。マル害とマル瀬は高校三年生まで交際していた。さらにマル瀬は、進学先でも被害者を増やしつづけている。過去の被害者視点からも、近年の被害者視点からも、マル害は〝許せん存在の一人〟だったろうよ」

——だが紗綾のスマホを見る限り、彼女と航平の付き合いは絶えていた。

高比良はひとりごちた。

とはいえ、人を介して繋がっていた可能性は否定できない。なんらかのきっかけで、過去の恨みをいま晴らされた可能性も濃い。なぜいまになって——と他人が驚く頃、人が復讐に走る事例はけして珍しくない。

高比良の横でＦＡＸが鳴った。

警察はいまだアナログ社会で、ＦＡＸ機が現役稼働(かどう)中である。まともにメールを打てない幹部も多く、ペーパーレスなど夢のまた夢だ。

ＦＡＸ兼コピー機が吐きだした紙を手に取り、高比良はざっと目を走らせた。

「合田係長、捜査支援分析センター(SSBC)からです。えー、どうやらマル害の過去のＳＮＳアカウントを見つけたようですね。その結果——」

読みあげる声が、そこで途切れた。

合田が怪訝(けげん)な顔をする。

「どうした？　高比良」

「いえ……」

しばしＦＡＸの内容を咀嚼(そしゃく)してから、高比良は合田に向かって言った。

「……以下はかいつまんで説明いたしますが、通信会社の履歴などから解析した結果、過去にマル害はフリーアドレスを五つ取得していました。それらのアドレスを使って、マル害は六年前、つまり中等部三年次にＳＮＳアカウントを四つ取得していたようです」

「四つもか。そりゃ多いな」

「いえ、若い子にとって、複数のアカウント管理はさほど難しくないことです。それより係長、フリート機能というものをご存じですか」

「あ？　わかるわけがないだろう」

　合田がいやな顔をする。

「おれの機械音痴（おんち）を知ってるくせに。嫌味か、おまえ」

「ですよね、すみません。……簡単に言うと、これは投稿が二十四時間で消える機能です。長く残すほど重要でないか、もしくは短い間だけ仲間内で消費したい画像などを楽しむための機能と言えます」

　高比良はつばを飲みこんで、

「マル害こと木戸紗綾は中等部を卒業する直前、フリート機能を使ってこのような画像をＳＮＳに上げました。——今回の事件の、動機になり得る画像です」

　合田が座るデスクに、ＦＡＸ用紙を置いた。

合田が息を呑んだ。

「なんだ、こりゃあ」

まず目を射たのは卑猥なマークだった。女性器を意味するマークである。よくよく見ると、赤いカラースプレーでほどこされた落書きだとわかってくる。何段かに重ねられた石塔が崩され、無残に落書きされているのだ。

墓石であった。

カラースプレーで汚され、なにものかに蹴倒された墓石の画像だ。

墓石には卑猥なマークだけでなく、見るに耐えぬ侮辱的な罵倒まで書きこまれていた。どれもこれも、性的な罵言ばかりであった。

百戦錬磨の合田が一瞬顔をしかめるのを、高比良は確かに見てとった。喉もとにこみあげた感情をごくりと飲みくだす。

その感情は、まごうことなき嫌悪であった。

5

渉太は浴室に戻されていた。

目覚めてすぐ、うさぎの面の男に水と鎮痛剤を与えられた。

抵抗する気力は完全に失せていた。渉太は貪るように水を飲みほし、がりがりと錠剤を噛みくだいた。

それが、三時間ほど前のことだろうか。

時間の感覚はまるでない。だがすくなくとも三、四時間は経ったはずだ。

――だって、薬の効果が切れはじめている。

ずくずくと疼く痛みが、手足の先端によみがえりつつある。雲に浮いているような多幸感も引き、いまは焦燥と不安と懊悩ばかりが押し寄せている。

鼓動がやけに速い。耳鳴りがする。股間は垂れ流した尿で汚れ、つんとする悪臭を放っている。

そんな渉太の双眸は、前方のノートパソコンに向けられていた。

――見たくない。

だが、見ずにはいられなかった。目が自然と吸い寄せられた。

手足の自由は利かなくとも、まぶたを閉じることはできる。なのに彼の視線は、ノートパソコンのモニタに縫いとめられていた。

画面は四分割されていた。左上には前歯を一本失った航平が、左下には耳の上部を嚙み切られた匠が、右下には右手親指の爪を剝がされた渉太が映っている。

——こういうの、なんて言うんだっけ。

渉太はぼんやりと思った。痛み分け？　三方一両損？　どれも違う気がした。しかし正解がわからなかった。

残る一画面には、彼ら全員が映っていた。

航平の歯を抜いたときの映像だ。物置小屋で、縛られながら争う三人の姿が斜め上から撮影されていた。小屋の棚のどこかに、カメラが据え置かれていたらしい。

ただし映像は加工されていた。

三人の顔はそれぞれ熊や猫の絵文字で隠され、流血シーンになった途端モノクロに切り替わるなど、なまなましさを極力感じさせない工夫がほどこされていた。

——誰のための工夫かといえば、それは。

彼らが床をのたうって争う映像には、文字がかぶさっていた。右から左に流れていく文字、いやコメントだ。ときには画面のほぼすべてを覆い隠すほどの、大量のコメント群であった。

渉太はこれが、なにか知っている。とある動画共有サイトの仕様だ。

閲覧者が動画に対してコメントを書き込むと、画面上にそのコメントが流れていく仕組みになっているのだ。

――つまりおれたちの動画が、ネットにアップされている。

コメントはすべて、渉太たちを嘲笑う内容だった。

「芋虫かよ。無様すぎる（笑）」

「いい気味」

「潰し合えー」

「泣いてる（笑）ちょーウケる（笑）（笑）」

といった単純な揶揄に混じって、

「こいつら輪姦の常習犯だったんだろ？　このまま殺せよ」

「生かしておいても酸素の無駄。死ぬまで戦わせろ」

「新たな被害者を出さないためにも、ここで息の根を止めておくべき」

と怒りのこもったコメントが頻繁に流れていく。

――おれたちがなにをしてきたか、視聴者にバラされてしまった。

いや、と渉太は自分に言い聞かせた。

いや、こんな動画はフェイクだ。ほんとうに動画サイトへ投稿したわけがない。だって監禁犯にとって、リスクが大きすぎる。この投稿がもし通報されたなら、発信元なんて簡単に割れるのだ。運営会社から見れば、プロバイダの契約者もＩＰアドレスもすべて丸裸だ。そんな危険を冒す意味がない。

それにこの程度の加工なら、誰にだってできる。

有名な動画共有サイトをスクリーンショットし、デザインを丸ごと流用して動画を嵌めこむ。さらに動画の上へ文字をかぶせて、横へスクロールさせていくだけだ。

大量のコメントを自作する手間はあれど、多少の根気さえあればけして難しくない。だからフェイクに決まっている。

――でも。

渉太はつぶやいた。

――でも、怖い。

画面の向こうに、これほどの悪意が存在すると考えただけで怖い。

まだ自分たちの素性までは明かされていないようだ。だが万が一にも動画サイトへの投稿がほんとうで、監禁犯が渉太たちの姓名や大学名や住所などを、ぽろりと明かしてしまったら。

数秒で消したとしても同じだ。明かされた個人情報は、瞬く間に拡散されるだろう。広大なネットの海に放流され、止める間もなく広まっていくはずだ。

（そしたら家族にも迷惑がかかる）

(きっと実家にいやがらせされる。スプレーの落書き。ポストにいたずら。放火。大学だって辞めなくちゃならないかも。いやそれより、おれのこれからの将来が。おれの未来が。今後の生活が就職が)

大丈夫だ、フェイクだ。

——フェイクに決まっている。信じるな。

渉太は唇を嚙みしめた。

いままでとは違った種類の脂汗が、全身から滲んでいた。

もうなにから考えていいかわからない。痛み。飢え。渇き。命の危険。損なわれた体。おまけに現在進行形で、社会的地位まで失くしつつある。

——いや、そんなのはいまさらか？

おれはここで死ぬかもしれない。死んでしまえば地位なんかどうだっていい。将来も就職も生ゴミ以下だ。

——ああでも、ということは、おれはほんとうに死ぬのか？

こんなところで、こんな古い借家の風呂場で。漏らした糞尿の悪臭にまみれ、得体の知れない虫にたかられながら死んでしまうのか？　信じられない。そんなことは、とうてい受け入れられない。

ノートパソコンのモニタから、目をそらしたかった。だができなかった。

画面に流れる大量の「死ね」「殺せ」の文字から視線を引き剝がせない。いやでも吸い寄せられてしまう。心が蝕(むしば)まれるとわかっていてもだ。痛む歯をつい舌で探るように、この目で罵倒を確認せずにはいられない。

「生かしておく意味あるのか？　早く始末しろ」

「殺すとこ実況してくれるんですよね？」

「処刑の生配信希望（笑）」

「殺せ殺せ殺せ殺せ殺せ」

「自分の身内にもレイプの被害者がいます。こいつら許せません。一秒でも早く吊(つ)るしてください。見たいです」

「殺せ殺せ殺せ殺せ殺せ殺せ殺せ殺せ殺せ殺せ殺せ殺せ殺せ殺せ」

渉太は圧倒されていた。

自分のやってきたことが〝よくないこと〟だとは、もちろんわかっていた。犯罪だと知っていた。訴えられたらすべてが終わることも承知していた。

――でも、わかってなかった。

現実感がなかった。訴える女なんかいまいと、どこかでたかをくってきた。もしものことがあっても、また匠の親がどうにかしてくれるだろうと軽く考えていた。

だって、ミスター慶應のやつだってそうじゃないか。六回逮捕されたって、一度も起訴されていない。

スーパーフリー事件みたいに、ところかまわず派手にやらかしまくったわけでもない。おれたちはわきまえていた。そうだ、あの事件を教訓に、おれたちはこの人里離れた借家でだけ羽目をはずしていた。けっしてやりすぎなかったはずだ。

そう思ってきた。信じていた。

積みあげた成功体験がおれたちを麻痺(まひ)させていた。

――でも、現実は違った。

おれたちはこんなにも、世間から悪意と反感を向けられる存在だ。

いまの渉太にはわかった。一見笑いのオブラートに包んだコメントでも、薄皮一枚下にはどす黒い悪意が渦巻いていることが。自分たちに向けられた害意と殺意が本物であることが、ひりひりと皮膚で感じとれた。

たとえこの動画がフェイクだろうと、実際には投稿されていなかろうと変わりはない。

その証拠におれたちは、いまこうして監禁されている。手足を拘束され、足の指を切断され、お互いに毟(むし)り合うことを強いられている。

——これが、おれたちが買ってきた悪意の末路だ。

「逆に、すぐ殺しちゃもったいなくね？」

「そうだ。もっと苦しめろ」

「警察には渡すなよ。こんなやつら刑務所に送ってもしょーがねーわ。レイプ魔をぬくぬく養うために、おれたちは税金おさめてるわけじゃねえ」

——悪意の波に、押し流されそうだ。

怯えると同時に「なんだよ」と渉太は思った。

なんだよ。そう言うおまえらだって、おれと同じ立場に立たされたら同じことをするくせに。

目の前に女がいりゃ、ヤるだろ？　据え膳って思うだろ？　いざ航平みたいなカースト上位のやつに気に入られたら、おまえらも嬉しくてしっぽ振っちまうんだろ？

口では正義漢ぶっても、しょせんそんなもんなんだよ。あいつみたいに。

(——あいつみたいに)

そのときだ。ノートパソコンのスピーカーから〝声〟がした。

渉太の思考を読みとり、遮るようなタイミングであった。

「みなさま。それではここで、アンケートを取らせていただきます」

機械を通した、例の無機質な声だ。しかし渉太たちに語りかけているのではなかった。動画の視聴者に向けた音声だった。

「この三人には、お互いの体の一部を奪い合い、損ない合うよう命じています。最初は爪、次は歯でした。三番目の部位をアンケートで募集いたします。ご希望の部位を、コメント欄でお教えください。こちらで集計いたします」

——なんだそれ。

渉太はあやうく噴きだしそうになった。

なんだよそれ。やっぱフェイクだ。あり得ねえ。

暴力的な動画、差別的な動画、犯罪を煽動する動画は、どのサイトだろうと規約違反だ。このユーザーインターフェイスは、国内有数のメジャーなサイトのものである。こんな過激な内容を、大手サイトが野放しにするわけがない——。

とそこまで考えて。

——いや待て。

渉太は愕然とした。

——これはほんとうに、おれが想定しているあの動画共有サイトなのか？

フェイクならいい。だがあのサイトのデザインに見せかけた、いわゆる闇サイトとか、非合法サイトと言われるやつだったらどうする？

実際に目にしたことはない。だが海外でスナッフフィルムがどうとか、有料会員サイトで実際のレイプ動画が流されたというニュースは幾度も見てきた。

第一、日本は痴漢や盗撮メインの掲示板およびアカウントが野放しの国だ。ロリコンポルノだって簡単に漁れる。おそらく外国の何倍も緩い規約で、18禁のサイトにアクセスできるポルノ大国だ。

――なのに国内にはスナッフサイトがないなんて、どうして言いきれる？

動画の画面は、早くもコメントで埋まりつつあった。アンケートに答えるためのコメントであった。

「もう一枚、爪」

「目玉（笑）」

「耳」

「手の指っしょ」

「鼻」

渉太の歯が、かちかちと鳴りはじめた。寒い、と思った。

寒いはずがない。そう理性ではわかっていた。いまは六月だ。梅雨どきとはいえ、歯の根が合わないほど凍えるわけがない。

だが渉太は本心から、寒気に震えていた。

全身びっしりと鳥肌立ち、唇は血の気を失っている。いまにも血が凍りそうだった。

コメントは凄まじい勢いで増えていた。そして「爪」「耳」といったコメントをはるかに凌駕するのが、下半身に言及したコメントだった。

「全員のチンコ、根もとからぶった切れ」

「去勢しろ」

「玉抜きの刑でよろしく」

「全員犯せ。こいつらにも同じ思いを味わわせろ」

「ケツに擂粉木ぶち込め。肛門破壊しろ」

同時に、再生数も恐ろしく跳ねあがっていた。カウンタがめまぐるしく動いている。

――フェイクだ。

渉太は自分に言い聞かせた。

――こんなものが現実のはずがない。フェイクだ、フェイクに決まってる。

「当方は、利益を求める団体ではございません」

聞き慣れたあの〝声〟が、抑揚なく告げる。

「再生一回につき、投稿主には〇・〇五円から〇・一円の収入が入ると言われます。その収入はすべて、彼らの所持品などの処分費用に充てさせていただきます」

――おい待て。なんだって？

「繰りかえします。当方は利益を求める団体ではございません。ではここで、アンケートを締め切らせていただきます」

言い終えるが早いか、ノートパソコンのモニタが真っ暗になった。

渉太はしばし、呆然とした。

「……おい」

自分のものとは思えぬほど、しわがれた声が洩れた。

「おい、嘘だろ……。こんな、こんなとこで、切れて……。嘘だろ。種明かし、しろよ。全部、嘘だって。フェイクだって、言えよ――」

しかし応える声はなかった。

渉太は声を呑み、幾度か喘いだ。やがて首をがくりと垂れた。

排水口からは、あの蛭に似た虫がまたも這いのぼりつつあった。しかし叫ぶ気力も、避ける体力ももはやなかった。

うなだれたまま、渉太はロニーの目を――壁の模様が成す、熊のロニーの視線を感じた。

ロニーはいまや、彼を責めていた。

もうおまえは親友ではない。あの頃とは変わってしまったと非難の目を向けていた。渉太にとってはなにより痛い、突き刺さるような視線であった。

それから、どれほどの時間が経っただろう。

ずくずく疼く痛みは、はっきりと疼痛（とうつう）に変わりつつあった。

死ぬ、と渉太は思った。いま鎮痛剤が完全に切れて、本物のなまの痛みが押し寄せたなら、おれはきっと死ぬ。心臓が持ちそうにない。

（もしくは飢えでも渇きでも死ぬ。ああロニー）

しかし、彼は死ななかった。

浴室の引き戸が開いて、うさぎの面を着けたあの男が入ってきたからだ。

部屋に甘い香りが満ち、渉太は驚いた。ココアの香りだった。干上がっていたはずの口中に、じわりと唾液が滲んできた。

――でも、無理だ。

（いま胃になにか入れたら、おれはきっと吐いてしまう。無理だ）

しかしそれは杞憂（きゆう）だった。

お面の男が置いていった蓋付きコップの水。ボウルに入ったココア。そして鎮痛剤。

渉太はすべて口に入れ、貪り、胃に落としこんだ。嘔吐はしなかった。

ココアにはちぎったパンが浸してあった。しかも嚙みしめると、甘いカスタードクリームが洩れ出てきた。監禁犯の食事係は一口大にちぎったクリームパンを、温かいココアに浮かべてくれたのだった。

渉太の目じりに、涙が滲んだ。

普段、彼は甘いものを好まない。酒好きの辛党で、ココアもクリームパンも五年以上口にしていない。

だが美味かった。涙が出るほど美味い、と思った。人生最後に食べるものがこれでも悔いはない――と考え、直後に「いや、まだだ」と打ち消した。

まだだ。

だって殺すつもりなら、食事は取らせまい。

殺すつもりのやつに食事させるなんて無駄だ。やつらは――監禁犯はまだ、おれたちを生かす気があるんだ。

「嘘、れすよね」

嚙み砕いた錠剤を飲みこみ、渉太は言った。

引き戸の向こうに、まだ人の気配を感じた。うさぎの面の男が脱衣所に立っている。それを肌で感じ、語りかけた。

「あんらこと――嘘ら。いや、嘘だ。き、去勢なんて、しませんよね」

しかし返事はなかった。

「謝ります」渉太は叫んだ。

「み、ミキさんに謝ります。謝りますから。謝り――」言葉はそこで途切れた。

――なにを？

と思ったからだ。

なにを？　おれは、なにについて謝る気だ？

ミキが誰か、思いだせもしないくせに。

なにをしたかおおよその見当はつく。しかし彼女に関することは、かけらも思いだせない。

――おれはなにを謝るんだ？

おそらくは彼女を六、七人がかりで輪姦したことをか？　それを撮影したことか？　彼女の体形をみんなで笑ったかもしれないことか？「その歳まで処女なんて恥ずかしいぜ。おれたちに膜破ってもらえてよかったね」と言っただろうことか？　航平が彼女に小便をかけたり、全裸で「芸をやれ」と命じたのを止めなかったことか？　一緒になって指さし、嘲笑ったことか？　無理やり笑顔でピースさせて写真を撮り、和姦だったと言い張れる小細工をしたことか？

――いったいその、どれを謝ればいいって言うんだ。

男からの返事はやはりなかった。

渉太もまた、それ以上なにも言えなかった。

息づまるような沈黙だけが、冷えた空間を支配していた。


そして渉太たちの鎮痛剤の効き目が切れた頃、アンケートの集計結果が出た。

次に三人が奪い合うのは〝片目〟であった。

＊

そうだ。あなたも猫を飼ってみたらどう？

え？　生き物を育てたことがないから無理、ですって？　なに言ってるの。あなた、お子さんいるじゃない。ちゃんと育てあげたでしょう？

ともかく三毛ちゃんはいいわよ。お勧め。

なんたって賢いしね。好奇心旺盛（こうきしんおうせい）。プライドはちょっと高めだけど、甘えん坊で育てやすいの。

三毛の中でも、うちの子たちは黒三毛って言ってね。黒、茶、白の境目がくっきりしていて縞模様が入ってない子。

白い子は生命力が弱いぶん警戒心強めで、黒い子はおっとりしてるって言うわね。

わたし？　そうねえ、もう飼わないと思うわ。

だってわたし、もう七十七よ？　猫を遺して先立つことを考えたらね。最近はペットショップのほうで、六十過ぎには売ってくれないとか言うじゃない。

そのぶんじゃ、あと十年は生きるって？

ふふ。ありがとう。お世辞でも嬉しいわ。

そうよねえ、わたしまで死んじゃったら、息子夫婦と道哉の墓守がいなくなっちゃうもんね。いても、たいして役に立ちゃしない墓守だけど……。

え、あなたがやってくれる？

あはは、気持ちだけ受けとっておくわ。今日のあなた、やけにやさしいのね。

ああ、それ前も言ってくれたわね。あなたのお母さんに、わたしが似てるって。じゃあやっぱりこの手の顔が好きなんじゃない。あははは。

お茶のおかわりは？

あらやだ、遠慮しないで。お金はたいしてないけど、お茶くらいはお出しできるんだから。でしょう？　そのクリーム大福、名物なのよ。歩いて三分くらいのところにある和菓子屋さんが作ってるんだけどね。

気に入ったなら、お土産に買っていってあげて。その代わり日持ちしないけどね。ええ、添加物がいっさい入ってないから。

そうなのよ。あそこを引き払ってから、携帯電話の番号もなにもかも変えたの。いまはここに隠居して、新聞もテレビもない生活。

ニュースがね、いやになっちゃって。だって人の死だの不倫だの、そんなのばっかりでしょう。疲れちゃうからね。

いまはね、ＤＶＤプレイヤーとお友達なの。すぐそこにレンタルショップがあるのよ。ええ、和菓子屋さんよりもっと近く。そこで古い映画を借りてこれるの。

テレビと違って、観るものを自分で選べるとこがいいわよねえ。いまどきはインターネットに押されて、ああいうお店もどんどん減ってるらしいけど。

ええ。だからあなたがこの住まいを探し当ててくれて、びっくり。

二度と会えないと思ってたし、正直言ってそれでもいいと思ってたから。でもこうして会えると、やっぱり嬉しいものね。

あなたこそ、ご主人とはどうなの。あら、息子さん、もうそんなに大きいの？　まだ大学生くらいだと思ってたわ。時間の経つのは早いわねえ。

だからかしらね、あなたの雰囲気が変わったのは。

違う違う。老けたって言いたいわけじゃないの。そうじゃなく、こう、全体に柔らかくなったというか。

当然ね。息子さんがそんな歳になる年代ですものね。

え、やめてよ。謝らないで。道哉の葬儀に来られなかった、なんて……。

あの子は内々の家族葬にしたんだから、あなたが知らなくて当たりまえ。あの子の家族なんてわたしだけだからね。そういうことよ。

えっ。——やだ。

やだ、ほんとうに？

うちに来たとき、あなた動画を撮ってたの？

あらほんとうだ。モモと、道哉と……。嘘みたい。

道哉は写真が好きじゃなかったから、あまり残っていないのよ。えっ、これ、ＤＶＤに焼いてくれるって？　そしたらＤＶＤプレイヤーで観れるの？　そんなことができるの？

わたしはほら、機械に全然疎いから。写真はかろうじて撮れるけど、動画なんていうのは全然。だから——

ああ、すごい。すごいわね。映ってる。あの子たちが、動いてる。笑ってるわ。

すごいわねえ。なんてすごい。

……ありがとうね。

今日は、ほんとうにありがとう……。

第五章

1

紗綾が六年前、フリート機能を使ってＳＮＳに上げた墓石の画像について、捜査員はまず紗綾の両親に当たった。

しかし結果ははかばかしくなかった。画像を見せた途端、母親は激しいヒステリー状態に陥った。父親はといえば、

「こっちは被害者なんだぞ、以後は、弁護士を通してしか話さない」

と血相を変えて怒鳴りはじめたという。

——後ろ暗いところがあると、自白しているようなものだ。

高比良はそう苦笑した。

墓石の器物損壊で届出が出されているのでは、と合田は過去の訴えを確認させた。しかし残念ながら空振りだった。すくなくとも都内の署に、該当する被害届は出されていなかった。

画像に墓石の家名は写っていない。周囲の背景などから霊園を特定すべく、捜査本部は捜査支援分析センター（SSBC）の情報支援係に画像の解析を依頼した。

同時に捜査員は貝島道哉の祖母、泰子の行方を追いはじめた。

合田はいったん「動機を持つ者がありすぎて、動機からたどるのは骨かもしれん」と言った。しかしあの墓石の画像が、その認識を一変させた。

木戸紗綾は撲殺されていた。しかもただの撲殺ではない。凄まじい恨みを思わせる死にざまだった。

もし紗綾が、相手が死んでもなお墓石への侮辱や、遺族へのいやがらせを繰りかえしていたならば。

――あの殺されようも、納得がいく。

また画像がアップされた時期から見て、紗綾たちが自殺に追いこんだ相手と、墓石との関連性も見込まれた。

――つまりあれは貝島道哉、ひいては貝島家の墓ではないのか。

ならば霊園は神奈川県にある可能性が高い。また落書きの大半が卑猥な内容だったことからして、間違いなく集団レイプの噂とも繋がっているだろう。

今後、高比良をはじめとする合田班の主力捜査員は、貝島泰子の捜索をメインに動くことになった。

むろん並行して紗綾の高校時代や、大学での生活も追っていく。しかし捜査の照準は絞られつつあった。それほどにインパクトの強い画像であった。

「レイプの被害者は、永学の生徒ではないと思われます」

高比良は言った。

「噂は校内に十二分に広まったのに、名前や素性までは洩れなかったようですから。しかし貝島道哉の自殺から推察して、彼の知人や親戚、恋人の線が濃いでしょう」

「いや待て。そもそも貝島という子は、ほんとうに自殺だったのか？」

合田が首をかしげた。

「彼の死に、不審な点はなかったのか」

「いまのところ疑惑は浮かんでいません。遺族である祖母が、死因を疑って騒いだ形跡もありません。近隣住民の証言によれば、検視に訪れた警察は小一時間で引きあげたそうです。検視がスムーズに済んだ証左（しょうさ）でしょう。また死体検案には、祖母のかかりつけ医が立ちあったとのことです」

「かかりつけ医が？　なぜだ。祖母が心臓発作でも起こしたか」

「かもしれません。ともかく自殺体の第一発見者である祖母は、一一〇番でも一一九番でもなく、かかりつけ医へ真っ先に電話したようです。道哉の死亡は該医者によって確認され、通報も彼の手でおこなわれました。その後に川崎署から人員が来て検視をおこなったものの、祖母があまりに動転していたため、該医者は最後まで立ちあったようです」

「なるほど。ではプロの医師の目がすぐそばにあったわけだ。警察官も手抜きの仕事はできんかっただろうな」

合田は顎を撫でてから、

「自殺の手段は、縊死か？」と訊いた。

高比良がうなずく。

「はい。自宅の梁にロープをかけての縊死だったそうです。遺書はなかったと、祖母と親しくしていた近隣住民が耳にしています」

「該医者から、当時の話を聞けんか？」

「それが、残念ながら二年前に亡くなっています。医院は現在、息子が跡を継いでいますね」

「そうか」

合田はちいさく唸った。

「ではやはり、祖母の貝島泰子を捜さにゃならんか。……引きつづきマル害の両親も締めあげるが、実親の証言なぞ信用できんからな。泰子の目から見た、泰子の証言がほしいぜ」

そこから丸二日、捜査に進展らしい進展はなかった。

しかし三日目に朗報が入った。

永学高等部に上がってすぐ留学した五人――すなわち木戸紗綾、瀬尾航平、阿久津匠、乾渉太、里見瑛介――ならびに貝島道哉と同じクラスだった男子学生が、

「聴取に応じてもいい」

と、いろよい返答をくれたのだ。

また彼は元バドミントン部で、里見瑛介ともそこそこ親しかったという。貴重な男子生徒視点の証言であった。

聴取には、高比良の先輩捜査員が当たった。

やはり高比良は、マジックミラー越しにその聴取を見聞きした。

捜査員は木戸紗綾についてひととおり尋ねたあと、質問を瀬尾航平へ、そして一時期彼と〝つるんで〟いた里見瑛介へと移していった。

永仁学園大学の現役学生ながら、

「研究室とアパートの往復ばかりで、最近の世俗（せぞく）についてはさっぱりです」

と頭を掻く彼は、服装も髪型も流行にはほど遠かった。いかにも瀬尾たちとは縁がなさそうなタイプに見える。

「瑛介とは同じバドミントン部でしたから、けっこう仲良くしてましたね。昼飯とか、一緒に食べたり。でもあいつが二年の途中で肘やっちゃって、そんで部活辞めてからは、疎遠になりました」

「それはなんとなくですか？　それとも疎遠になる大きなきっかけがあった？」

「なんとなくのほうです。こう言ったら手前味噌かもですが、バド部って野球部、サッカー部、バスケ部みたいな華やかさはないぶん、ガチ勢が多かったんです。あーっと、つまり真面目にやってる部員ばっかだった、って意味です。卓球部ほど地味じゃなく、テニス部みたいに雰囲気重視で入ってくる部員もいなくて、みんなガチで入れ込んでやってました。とくに瑛介はレギュラーでしたしね。目標なくして、なんていうか、糸が切れちゃったんじゃないかな」

「糸が切れた、か。そんな彼と接近したのが、瀬尾航平さんだったんですか？」

捜査員が訊く。

しかし男子学生は首を振って、

「いえ、その前に貝島でした」

と言った。

「瑛介が『放課後が暇になったから』って図書室で勉強するようになって、そっから貝島と仲良くなったんじゃないかな。瀬尾たちとつるむようになったのは、そのあとです。貝島と二人セットでスカウトされた、って感じでした」

「スカウトねえ」

捜査員が苦笑する。

「すみません。へんな言いかたですよね。でも実際、そんな感じだったんです」

男子学生も照れたように笑った。

「瀬尾って、クラスじゃ圧倒的に目立つ存在でした。同じくらい目立つ木戸さんと付き合ってたし、アメリカで言うとこのジョックっていうのかな。海外ドラマだったら、アメフト部のQB(クオーターバック)でスター選手、みたいなキャラでした。でもあいつ自身も野球部を中途退部したりで、いまいち屈折してましたね。うまく言えませんが、ほかのジョックみたいな陽気一辺倒じゃなく、微妙に翳(かげ)があるっていうか」

彼は自分の言葉にうんうんとうなずいていた。

「そういえば、貝島さんという生徒は、卒業アルバムに載っていないようですが」

捜査員はなにげない様子で切り出した。

「彼の、下の名前を教えていただけますか？」

「ああ、貝島道哉です」

男子学生は即答した。

「道程の道に、志賀直哉の哉。卒アルに載ってないのは、あいつが卒業前に転校したからですよ。そういう場合って、普通、卒業時に在籍してた学校のほうに載るもんでしょう？」

——どうやら彼は、貝島道哉が自殺したとは知らないようだ。

そう高比良は察した。貝島道哉の名を口にする声音や態度に、翳がない。

また彼のようなタイプは、道哉が自殺したと知っていたなら黙っていられまい。自分の知識や情報を、あるだけひけらかしたい性格に見える。

「貝島は、ええと、公立小学校から入ってきた〝お受験組〟でしたね」

男子学生は言った。

「体育はいつも見学で、体が弱いみたいでした。そういうのもあって、故障後の瑛介と仲良くなったんじゃないかな。あと貝島って、不思議と女子に人気ありましたよ。『病弱美少年だ』『はかなげだ』とか言われてね。まあ確かにあいつ、ちょっと可愛い顔してたからな」

語尾に、微妙な嫉妬が滲んだ。

「ていうか、まさに木戸さんがその一人でした。だから傍目にも変な感じでしたね。どう見たって瑛介は木戸さんに惚れてたのに、でもその木戸さんに近づけたのは貝島のおかげなわけでしょ？　だから複雑でも文句言えない、みたいな」

「それはどういう意味です？」

捜査員が聞きとがめた。

「その『木戸さんに近づけたのは貝島のおかげ』というのは、具体的にどういった意味でしょう？　くわしく教えていただけますか」

「ああ、いや。おれも噂で聞いただけなんですが」

と男子学生は予防線を張ってから、

「もとはといえば木戸さんが貝島に近づきたくて、貝島と瑛介を瀬尾グループに引っぱったらしいんです。瀬尾はいつも阿久津と乾を引き連れての三人組でしたけど、だからあの時期だけは、貝島と瑛介も込みの五人グループでした。いや、そこに木戸さんがくっついての六人グループかな。ともかく瑛介は、貝島の友達だから加入できたおまけクンだったんです」

「なるほど。それで『木戸さんに近づけたのは貝島のおかげ』ですか」

捜査員がうなずく。

男子学生は苦笑した。

「まあ瑛介も見た目は悪くなくて、マネージャーに告(コク)られたりしてましたけどね。でもやっぱ、いまいち地味なんですよ。木戸さんみたいな子が、連れて歩きたがる男じゃなかったんです」

捜査員は再度「なるほど」と言った。そして言葉を継いだ。

「しかし不思議ですね。瀬尾さんはなぜ木戸さんにせがまれるがままに、二人を仲間に引き入れたんでしょう？　片や、自分の彼女が気があるらしい男子。もう片方は、彼女に惚れているらしい男子。どちらも普通の神経なら、わざわざ近づけたい相手ではないでしょう」

「はい、おれもそこは疑問でした。でもほんと瀬尾って、ジョックのくせに屈折してて気持ち悪いやつなんですよ」

男子学生は唇を曲げた。

「いま思えば木戸さんが浮気しないように、貝島を手もとに置いて監視するって意味もあったのかなあ。あと瀬尾は、瑛介のことははっきり面白がってましたね。安全牌と見なしてたっていうか、ピエロ扱いでした。まあおれらから見ても、木戸さんは瀬尾と貝島を天秤にかけるのに忙しくて、瑛介には興味ゼロでしたから」

「天秤にかけられて、か。瀬尾さんはそれで平気だったんですか？」

捜査員は尋ねた。

「瀬尾さんの人物像からして、自分の彼女に二股をかけられて平気なタイプだとは思えませんが」

「ですよね。おれも同感です」

男子学生は首肯した。

「けど、実際に瀬尾は許してたんですよ。なんでか瀬尾のやつ、妙に貝島に甘かったんです。だからほんと、いろんな意味で不気味でしたね。変っていうか、いびつでしたよ。あの五人……いや、六人グループは」

「その関係は、貝島さんが転校するまでつづいたんですか？」

捜査員が問う。

「いえ」男子学生はかぶりを振った。

「ぎくしゃくしはじめたと思ったら、あっという間に貝島がいなくなった感じです。あれは十二月の頭だったかな。クリスマス前だったのは確かです」

「中途半端な時期ですね。転校した理由はご存じですか？」

「知りません。噂だけはいろいろ聞きましたが」

「噂とは？」

「あー、これ言っちゃっていいのかな」

男子学生は顎を掻いて、

「瀬尾たちが、誰かに変なことしたせいだって噂が流れたんです」と言った。

「変なこととは？」

「性的な――まあ、ありていに言えば、あいつらが誰かを集団レイプした、とかって噂です」

もごもごと彼は言いづらそうに告げた。

「その噂にともなって、それっぽい動画も拡散されたんですよ。で、貝島がリンチされて転校……いや貝島のリンチのほうが、動画の拡散より先かな？　ちょっとそのへん、あやふやですね」

「貝島さんがリンチされたことで、レイプの噂が彼と結びつけられたんですか？」

「みたいですね。それに卒業前の、不自然な時期の転校でしたもん。だからヤられたのは、貝島の妹か彼女らしいと噂が立ったんです。でもあり得ないですよ。あいつ、一人っ子でしたもん。それに貝島と一番べたべたしてた女子って、木戸さんでしょ。木戸さんが輪姦(マワ)されたとも思えませんしね」

男子学生は肩をすくめた。

「ほんとのとこはどうだったのか、皆目(かいもく)わかりません。ただの無責任な噂ですからね。レイプ被害者は自殺した、なんて噂まで流れたし」

やはり彼は貝島道哉の死を知らないらしい。男子学生は首をひねって、

「まあ、だとしても無理ないなあ。あそことか全部、グロいくらいモロに映ってたもん」

と言った。

「ということは、あなたもくだんの動画を観た？」捜査員が問う。

「あ、いや、すみません」

男子学生は目に見えてうろたえた。

「でも観たくて観たわけじゃないんです。あの頃、メールに添付されてきたから。うっかりひらいちゃって」

「顔は映っていなかったんですか？」

「モザイクがかかってました。音声も消されてましたね。あとはもう全部、修正なしでしたけど。これ言っていいのかな。あの、入ってるとことかも、超どアップで」

「その動画はもうお持ちではないですか？」

「はい。おれは保存しなかったんで。でも、したやつも大勢いるだろうな。国内はヤバいんで、外国のサーバの方に流されたって聞きました。まあそれも、ほんとかどうかわかりませんが」

最後に捜査員がイベントサークル『ＦＥＳＴＡ』について尋ねると、

「さあ。おれイベサーとか全然縁がないんで」

と彼は即答した。

「大学って、中高等部と違って細分化されてるじゃないですか。自分の専攻以外って、まったく関係ない人たちですもん。ああ、瀬尾たちのいるサークルなんですか？　ヤリサーだって聞いた気はしますが、よくわかんないです」


合田主任官が丸めた新聞で己の首を叩いて、

「『ＦＥＳＴＡ』とかいうサークルを、まず挙げるか」

と言った。むろん、集団強姦の罪状でだ。

強姦は平成二十九年の刑法改正により、強制性交等罪の法定刑が引き上げられ、非親告罪となった。つまり被害者本人が被害届を出さずとも、逮捕および起訴できるようになったのだ。

また刑罰の下限も引き上げられ、裁判で有罪と決まれば、問答無用で五年以上の有期刑と決まっている。

「ちょっと叩きゃあ、埃なぞすぐ出るだろう。しょせんは甘ったれのボンボンどもがやることだしな。世の中や大人を舐めてるぶん、がつんとやられると、すぐにしおしお萎れちまう」

「捜査一課の別班に任せますか？」

高比良は訊いた。『青梅九ケ谷林道女子大生殺害・死体遺棄事件捜査本部』の看板を背負う合田班が逮捕しては、「別件逮捕だ。見込み捜査だ」と公判で弁護士にゴネられる懸念があった。

しかし合田は首を振った。

「いや、マル害とマル瀬の関係が切れていた確証が、いまだ摑めんからな。捜本で逮捕しよう。……やつらの犯行は悪質だ。弁護士がなんと言おうが、おそらく世論が味方に付いてくれるさ」

2

イベントサークル『FESTA』の部室に、高比良は工藤をともなって出向いた。

「このサークルの、過去五年分の名簿をもらえませんか」

にこやかに高比良は申し出た。

「名簿？　なぜです？」

部長を名のる男子学生は目をぱちくりさせた。

旬のモデルもどきのファッションで身を固めた、いかにも軽薄そうな青年だ。紗綾が所属していたテニスサークルの部長とすこし似ている。彼の線をさらに細くして、精悍さを剝ぎとった顔つきであった。

「短期間で辞めた女子学生が多いらしいのでね。彼女たちに、ちょっとお話を聞きたくて」

「えっ。ああ、そうですか」

部長の顔が、目に見えて引き攣った。

「でも、うちは名簿とかそういうの、ちゃんと作ってないんです」

「ですが入部届などは書かせる決まりですよね？　活動のために、連絡網だって必要でしょう。ＬＩＮＥやメールの連絡網でかまいませんので、ご提示願えますか」

「あーっと、えー、いまいる部員のぶんだけなら」

「それでは不足ですね。わかりました。では各種届出を受けつけているはずの、学生課に問い合わせましょう」

工藤が言うと、

「待ってください」

部長は慌てて彼を呼びとめ、背後にいた学生に声をかけた。

「おい、あの、あれだよな。そういうの、乾が全部管理してたよな？」

声をかけられた学生が、目を白黒させながらも「ああ、はい」とうなずく。

――乾渉太か。瀬尾の〝子分〟の一人だな。

高比良は内心でつぶやいた。

乾渉太は瀬尾とともに大阪へ旅行中だ。この場にいない彼に責任を押しつけ、部長は時間をかせぐ肚づもりらしい。

「そう堅苦しく考えないでください」

笑顔を崩さず、高比良は言った。

「近年は都内の大学で、飲酒をともなう風紀紊乱および、新入生を狙った性犯罪などが多発しておりましてね。こうして定期的に各大学をまわり、任意でお話を聞きながら、名簿などを確認しているんです」

むろん口からでまかせだ。平然と高比良はつづけた。

「ご存じかと思いますが、性犯罪は年々厳罰化の一途をたどっております。法改正により、強姦は親告罪ではなくなりました。集団強姦にいたっては、もとより親告罪ではありませんがね。まあひらたく言えば、被害者が訴え出なくともわれわれが捜査できるようになったわけです。仕事が増える一方で困りますよ。ははは……」

青ざめた顔で、部長は「はは」と追従笑いを洩らした。

「では乾さんがお戻りになられたら、署にご一報ください」

慇懃に言い、高比良と工藤は『FESTA』の部室を出た。

つづく張り込みや尾行は、面の割れていない捜査員二名に任せる手はずであった。

高比良たちは電話で合田に報告を済ませたのち、腹ごしらえのため、駅前の立ち食い蕎麦屋に向かった。


高比良がその電話を受けたのは、ちょうど蕎麦屋に着いたときだった。

スマートフォンの液晶に浮かんだ名に、一瞬、高比良は息を呑んだ。

――浦杉克嗣。

以前に何度か組んで、同じ事件を追った荒川署の元刑事部長だ。

工藤に「すまん」とことわって背を向け、高比良は通話アイコンをタップした。

「はい、高比良です」

「浦杉だ。……すまんな、いきなり電話して。いま、大丈夫か？」

「五分ほどなら」

工藤に目顔で合図して、高比良は声が聞こえやすい小路に移動した。

「どうしたんです。浦杉さんこそ、いま大丈夫なんですか」

「こっちは昼休み中だ。そうでなくても現役捜査員に比べたら、教習所の教官なんて半分も忙しかぁないさ。それより」

浦杉が声を抑える。

「……きみが『九ケ谷林道女子大生殺害・死体遺棄事件』を、追っていると聞いた」

「さすが、地獄耳ですね」

高比良はすこし茶化した。

だが浦杉は取りあわず、つづけた。

「馴染みの捜査員に教えてもらったんだ。マル害は、撲殺されていたそうだな。しかも、あきらかに尋常でない殺しかただった。拷問を受けたに近い死にざまだった」

そこで言葉を切り、彼は言った。

「浜真千代の、仕業ではないのか?」

「……――――」

不覚にも高比良は、ゼロコンマ数秒の間を置いてしまった。

浦杉が口にした、その名に動揺したせいであった。

浜真千代。

浦杉が警察を辞めるきっかけを作った女だ。

みずからの手を汚すことなく性犯罪者たちを操り、浦杉の娘をさらわせ、浦杉が可愛がっていた少女を惨殺させた、凶悪な殺人教唆犯である。

小湊美玖。平瀬洸太郎。奥寺あおい。浦杉善弥。真千代の犠牲になってきた少年少女の顔と名前が、高比良の脳裏にフラッシュバックする。だがおそらくはその数倍、数十倍の犠牲者がいたはずだ。

浦杉は真千代を「世界に復讐している女」と評した。その女がまだ跋扈している。復讐をやめていないと浦杉は考えている――。

高比良はごくりとつばを呑みこみ、

「考え、すぎですよ」

低く声を押しだした。

「考えすぎです。浦杉さん。……思いだしてください。浜真千代のメインターゲットは幼い少年少女で、上限は高校生でした。真千代が、過去の自分と重ね合わせている年齢層です。そして全員が、罪のない無辜の被害者でした」

高比良は顔を上げ、言った。

「今回のマル害はすでに成人しており、恨まれるだけの動機を過去に持っています。これまでの真千代の被害者像と一致しません」

「…………」

しばし、浦杉から答えはなかった。スマートフォンの向こうからは、彼のかすかな息づかいだけが聞こえた。

心の中で五つ数えてから、高比良は駄目押しの言葉を吐いた。

「休んでください。浦杉さん」

できるだけ毅然と聞こえるよう、語気を強めた。

「あなたはもう警察官でも捜査員でもない。あの女から、解放されたんです。ご家族のことだけを考えてください。あの女のことは忘れましょう。忘れてください」

ふたたびの沈黙があった。

やがて返ってきたのは、

「……そうだな」

という、力ない浦杉の声だった。

「すまなかった。捜査で忙しいだろうに、邪魔しちまったな」

「いえ」

「申しわけなかった」

「いいんです」言いながら、高比良は思った。

——浜真千代は、この浦杉克嗣を不倶戴天の敵と見なしていた。

それが異常者特有の思い込みや強迫観念であったのか、なんらかの特殊な嗅覚によるものだったのかはわからない。

だが彼らがお互いに、けして相容れぬ存在であったことは確かだ。

浦杉は真千代を追った。真千代は浦杉を叩き潰そうとした。そして戦いの末、実際に真千代は彼を半壊させた。捜査員としての彼を壊したのだ。そして彼女の目論見どおり、浦杉は警察を去っていった。

——怪物の〝天敵〟の助言を、おれは無視しようとしている。

いいのか？　と、頭の片隅でもう一人の自分が問う。

しかたがないだろう、と理性が答える。

浦杉の言葉には、根拠も整合性もない。ただの勘だ。しかも彼は、いまや警察官ですらない。

——おれがここで、浦杉さんの言葉を聞いてなんになる？

捜査の参考にする？　まさか。主任官の合田や、青梅署の捜査課長が取りあげるはずもない。

考えるだけ無駄だ。忘れろ。

この電話きりで、忘れてしまえ。

「すまなかった」

浦杉はいま一度繰りかえして、通話を切った。

ふっと高比良は息を吐いた。スマートフォンをスーツの内ポケットにしまう。

——忘れてしまえ。

刻み込むように己へ言い聞かせた。

きびすを返し、高比良は立ち食い蕎麦屋へと戻った。

いかにも江戸前らしい醬油の効いた蕎麦つゆの香りと、揚げ油の匂いが空っぽの胃を刺激した。

高比良と浦杉が、その通話を交わしたわずか三十分後。

イベントサークル『ＦＥＳＴＡ』の部長は、大学の第一駐車場から愛車のプジョーで静かにすべり出た。

尾行には青梅署の五十代の捜査員と、本庁から来た二十代前半の捜査員が当たった。二人とも私服で、一見したところは親子にしか見えない。覆面(ふくめん)パトカーのアコードで、彼らは黒のプジョーを追った。

六キロほど走り、プジョーは郊外のファミレスに駐まった。

部長がそこで落ち合ったのは、仲間とおぼしき男子学生二名であった。

捜査員コンビは、人数を聞きに来た店員に手帳を見せた。融通を利かせてもらい、部長たちが座る四人掛け席の真後ろに陣取る。

二人の男子学生は一見よく似ていた。どうやら同じ芸能人を真似ているらしい。ゆるいパーマをかけた長めの髪が、遠目にはまるで双子のようだ。

彼らは邪険な態度で、店員にドリンクバーを注文した。それぞれグラスを手にテーブルへ戻るやいなや、額を突きあわせるようにして話しだす。

「……でもさ、あれだろ？　し、証拠とか、そういうのは向こうも言ってなかったわけだろ？」

そう左の男子学生が切りだす。

どうやらLINEなどで、ある程度の事情は説明済みらしい。〝向こう〟とは警察および高比良のことだろう。

部長が声を不安げに揺らして、

「そりゃおまえ。証拠なんかあったら、即アレじゃんか。その場で手錠とか、そんな感じだろ。でもそれがなかったってことはさ、うん、おまえの言うとおりだよ。向こうもさ、確証とかあるわけじゃねえんだ。定期的な確認がどうとかって、わりと事務的だったし」

「じゃ、まだヤバくねえってことだよな？」

「だと思うけど……」

部長はがぶりとコーヒーを呷った。右の男子学生が、指さきでテーブルを叩く。

「せ、瀬尾たちって、まだ大阪にいんの？」

「みたいだな」

「この件、ＬＩＮＥした？」

「いや、まだ」

「なんでだよ。あいつらにこそ報せろよ。――てかこれってさ、あいつらが警察にチクったんじゃねえの？」

「は？　なんでだよ」

部長の顔が歪むのを、青梅署の署員はテーブル越しに視認した。

「そんなことして、あいつらになんのメリットがあんだよ。だってうちがこうなったのだって、もとはといえば、あいつらが……。ああ糞、そうだよ。こうなったのは、全部あいつらのせいだ」

部長は頭を抱えた。

「うちなんて、もとは無害なヤリサーだったじゃんか。あいつらが入ってきてからだよ、畜生。先輩たちが瀬尾に感化されて、いろいろ空気変わっちまって……。もし逮捕だなんだって大ごとになったら、どうしてくれんだ。おれ、もう内定出てんだぜ？　警察沙汰なんて冗談じゃねえよ」

「いやいや、まだそうと決まったわけじゃねえって」

右の男子学生が部長に顔を寄せる。

「ていうか万が一逮捕されたとしてもさ、証拠とか証人がいなきゃ大丈夫なんじゃん？　女どもに、いまのうち釘刺しとこうぜ。渉太が撮った動画はどうせ、クラウドに全部残ってるじゃんか。それ餌にして『いいか。ばら撒かれたくなきゃ、余計なこと言うんじゃねえぞ』って……」

――頃合いだな。

五十代の捜査員は、若い本庁捜査員へ目くばせした。うなずきあい、同時に立ちあがる。

二人は『ＦＥＳＴＡ』の部長と男子学生が座るテーブルの横に立った。

怪訝そうに見上げる彼らに、警察手帳をゆっくりひらいて見せる。

「どうも、青梅署です。いまのお話、くわしく聞かせてもらえます？」

「警視庁捜査一課です。青梅署まで、是非ご同行願います。もちろんいまの段階では〝お願い〟ですよ。いわゆる任意同行ってやつです」

嫌味ったらしい口調と、作り笑顔でへりくだる。

部長と男子学生は顔を蒼白にし、唇を震わせていた。捜査員たちはつづけた。

「とはいえ任意同行を拒否されたところで、こちらは正式に令状請求し、家宅捜索した上で逮捕するだけですがね。ややルートが変わるだけで、遅いか早いかの違いしかありません。……さて、どうします？」

さいわい、部長たちは諦めが早かった。

取調べもすんなりと運んだ。芋づる式に、さらに五人の部員をその日のうちに逮捕できた。

また彼らが春夏の長期休みに使うという、海沿いおよびスキーリゾート地に借りている借家にも捜索令状が下りた。

次いで捜査本部は、大阪府警の捜査共助課にも正式な要請を出した。旅行中の瀬尾たちの身柄を押さえたい、との協力要請である。

瀬尾たちの居場所はＳＮＳで判明していた。ただちに最寄りの交番員が派遣された。

だが一足遅かった。

瀬尾航平、阿久津匠、乾渉太の三名は、定宿にしていたホテルをすでに引きはらい、大阪を離れたあとだった。

その報を受け、合田は新たな指示を出した。三人がそれぞれ住むマンションやアパートの前に、張り込み要員を二名ずつ送る手配であった。

3

貝島泰子がその客を迎えたとき、空は雨を含んだ灰いろの雲に閉ざされていた。喉を通る空気も、湿気をはらんでしっとりと重い。

アパートの塀の向こうを、通行人の傘がせわしなく行き過ぎる。大半は味気ないビニール傘だった。差している人びとの顔は塀に隠れて見えず、傘の上部だけが行きかい、すれ違う。

灰いろの塀。灰いろの空。透明のビニール傘。色のない梅雨どきの世界の中で、色づきはじめた紫陽花(あじさい)だけがほんのりと青い。

日めくりは六月二十二日を、時計の針は午前十時を指していた。

「あらあ、びっくりだわ。いらっしゃい」

ひさかたぶりに見る顔だった。

泰子は客人の登場に驚き、次いで喜んだ。

「狭くてごめんなさいね」

謝りながらも客を部屋に通し、座布団を勧めた。

風呂なし、トイレ共同、六畳一間に簡易キッチンが付いただけのアパートだ。六室のうち、いまは三室にしか住人はいない。

泰子は一階の角部屋に住んでいた。

「こんなところで驚いたでしょ？　でも一人だから、どこだっていいの」

と恥ずかしそうに笑う。

窓からもっとも離れた壁ぎわには、白布をかけた文机が置かれている。遺影と位牌が四つずつ並んでいた。それぞれ夫、息子夫婦、孫の遺影と位牌だ。

位牌の前には鈴と線香立てが置かれ、切り花が活けてあった。また歴代の飼い猫たちのスナップ写真も飾られていた。

「お茶でいい？　ああ、あなたはジュースだったわね。ちょうどよかった。おやつにクリーム大福を買ったばかりなのよ」

客は泰子に礼を言い、手土産の箱を差しだした。

泰子が目を見張る。

「え、お土産？　あらやだ、髙島屋の包装紙じゃない。高かったんじゃないの？　そんな、気を遣わなくていいのに……」

開けていい？　とことわり、泰子は包装紙をひらいた。

「これなに？　チョコレート？　うわあ、きれい。美味しそう。ここに開けちゃうから、一緒に食べましょうよ。あらー、ほんとにきれいねえ。宝石箱みたい」

うきうきと泰子は言い、腰を浮かせた。

冷蔵庫を開けて、缶のままのジュースを持って戻る。この客はコップに注がれるのを好まないと、泰子はよく心得ていた。

「それで、急にどうしたの？　え、わたし？　わたしなんてべつに、なにもないわよう。毎日同じことの繰りかえし。やだそれ、いつの話してるのよ……」

客は聞き上手だった。

うながされるままに、泰子はよくしゃべった。

誰かが訪ねてくるのも、こんなに長くしゃべるのもひさしぶりであった。

泰子は歴代の飼い猫について話し、家族について語った。アルバムをクロゼットから引っぱり出して思い出話にふけった。

夫との結婚。〝給食のおばさん〟をしていた過去。息子にお嫁さんが来たこと。孫が生まれたこと。息子夫婦の事故死。そしてまた猫について話した。

客はクリーム大福をたいらげ、二本目の缶ジュースに口を付けた。

泰子の話に熱心にうなずき、相槌を打ち、そしてスマートフォンを取りだした。

「やだ、ほんとうに？　うちに来たとき、あなた動画を撮ってたの？」

泰子が瞠目（どうもく）する。

「えっ、これ、ＤＶＤに焼いてくれるって？　そしたらＤＶＤプレイヤーで観れるの？　そんなことができるの？　わたしはほら、機械に全然疎いから。写真はかろうじて撮れるけど、動画なんていうのは全然。だから――」

見ひらいた目が、次第に潤（うる）んでいった。

「映ってる。あの子たちが、動いてる。笑ってるわ。すごいわねえ。なんてすごい。……ありがとうね。今日は、ほんとうにありがとう……」

声を詰まらせる泰子を、客はじっと見ていた。

泰子の気が落ちつくまで、無言で見守っていた。

なだめようとも、背を撫でようともしなかった。「泣かないで」とさえ言わなかった。ただ彼女が泣きやむのを待った。

やがて泰子は涙を拭いた。そしてスマートフォンを客に返した。

声をあらためて、彼女は語りはじめた。

——道哉は、息子が二十九歳のときの子なの。

生まれたとき二千九百グラム……って、ああこれは前にも言ったわね。

なにしろ初孫なもんだから、そりゃあ可愛くってねえ。おもちゃもベビー服も、なんでも買ってあげたくてたまらなかったわ。息子に「母さん、ちょっと落ちつけ」なんて叱られたくらい。ふふ。

だって、自慢の孫だったのよ。あの当時は、よその赤ちゃんを見るたびこう思ったわ。

「うん、この子も可愛い。でもうちの孫はもっと可愛い」

って。親馬鹿ならぬ、婆馬鹿ね。

道哉は発語も早くってねえ。可愛い上に頭がいいなんて、どうしようかと思った。末は博士か大臣かってあれよ。でもそのあたり、息子夫婦のほうがよっぽど冷静だったわね。

「母さんは浮かれすぎ。賢く見えるのはいまだけだから。そのうち人並みにおさまるんだから、早期教育だなんだと先走らないで」

そう何度も諌められたっけ。

いま思えば、あの頃が一番幸せだったわね。

そのあと、たてつづけに〝死〟がやってきたものねえ。

道哉が小一のとき、夫が突発性の心筋症で他界したのが皮切りよ。その二年後に、息子夫婦がもらい事故で死んだの。

それで家族は四人きりになったわけ。

二代目サクラとモモと、道哉とわたし。

猫たちがいてくれて、よかったわ。それに仕事もあってよかった。道哉を抱えてわたしだけで、おまけに職なしなんてことになってたら、目も当てられなかったもの。

違和感？

そうねえ、すこしずつ感じてはいたかも。

でもあまり気にしてなかったわね。うちの孫はこういう子なんだ、個性のうちね、としか思ってなかった。わたしって、ほら、呑気なとこがあるでしょう。

でも道哉は、それなりに悩んでいたみたい。まあ、そりゃそうよね、当事者ですもんね。

それで道哉は、わたしより先に久隅先生に相談したの。

久隅先生というのは、わが家のかかりつけだったお医者さんでね、わたしの高血圧とか脂肪肝とかを診て、薬を出してくれてた先生。気軽に往診してくれるんで、すごく助かってたのよ。

その先生に、こっそり道哉は相談していたのね。

あとで訊いたら、小四の秋くらいから悩んでいたみたい。どうも自分は、ほかの子と違うんじゃないか――って。

最初におかしいと思いはじめたのは、いつまでたっても好きな子ができなかったことらしいわ。

小四といえば、まわりのクラスメイトは自然に初恋を体験する頃でしょう。素敵な異性の教師に憧れたり、バレンタインがどうのと騒いだりね。

でも、道哉はそうじゃなかった。むしろ同性の教師のほうに惹かれがちだった。

それであの子は、久隅先生に相談したらしいの。

「自分は同性愛者かもしれない」って。

久隅先生はそのとき、

「だとしても、それは異常じゃない」と諭してくれたらしいわ。

「愛する対象は関係ない。問題はどう愛するかだ」

「異性愛だろうが同性愛だろうが、相手に気持ちを押しつけたり、断られて逆恨みするようなら駄目な愛だ。お互いの心が通じ合うことを目指し、相手の幸福を願ったときに、恋ははじめて正しい愛情になる。それが一番肝心なことなんだ」

ね、いいこと言うでしょう？

わたし、はじめてこの言葉を聞いたとき、年甲斐もなくうるっとしちゃった。久隅先生ってわたしより三つくらい上の、禿げのお爺ちゃんだったけどね。でも中身は若々しい人だったわ。……ほんとうに、先生には助けてもらった。

久隅先生はそれ以来、ずっと道哉の相談にのってくれてたようなの。道哉の希望どおり、わたしには内緒でね。

道哉にしてみたら、わたしに心配かけたくなかったみたい。

わたしがあそこで働いていたことも、ずっと気にしてたしね。道哉を養うため、辞められずにいるんじゃないか、って思ってたらしいわ。

そんなことないのにねえ。あそこはあそこで楽しい職場だったのよ。その証拠に、あなたとも出会えたしね。

あらいけない。話が脱線しちゃった。ともかくそんな感じで、わたしの知らないところで話は進んでいたわけよ。

でもある日――。

そう、あれは、道哉が小学六年生になったばかりのときだったわ。

久隅先生が、往診の曜日でもないのにわが家を訪ねてきたの。

先生は話しはじめたわ。道哉がずっと悩んでいたこと。道哉が小四のときから相談にのってきたこと。自分で自分がわからず、あの子が戸惑っていたことを。

それで先生はこう言ったの。

「ここ二年、お孫さんを見守っていた。だがどうも同性愛者とは違う気がする」

「お孫さんはおそらく、性同一性障害なんじゃないか」

とね。

でもね、わたし――。

久隅先生はわたしに怒鳴られ、塩を撒いて追いかえされるのを覚悟で来たらしいわ。

怒るどころか、それを聞いて、すとんと納得しちゃったの。

ああそうか、って。

ああそうか、うちの孫は、心と体で性別が違うのね。

だからあの子はいつもつらそうで、しんどそうなんだ。うちの子は体は女の子でも、中身は男の子だったのね。それで全部、納得できた――。そんなふうに思えたのよ。

だからその夜、道哉とようく話したの。

これからどうしたいか、どんなふうに生きていきたいか。そう訊いたら、あの子はきっぱりこう言った。

「中学生からは、男として生きていきたい」と。

さあ、それからが大変だったわ。

久隅先生に協力してもらいながら、家から通える範囲で、性同一性障害の生徒を受け入れてくれる中学校を必死に探したの。

知ってる？　文部科学省は平成二十七年に、『性同一性障害に係る児童生徒に対する、きめ細かな対応の実施等について』という通知を各都道府県に発布したのよ。

うちの孫はその年に、ぎりぎり間に合わなかった。

いえ、間に合っていたとしても同じことだったかも。

お役人なんて、綺麗ごとを発布しておくだけの人たちですもんね。そのあとどう施行されるかは、ろくに確認しやしない。罰則を設けたり、まめに視察に来るわけでもない。下じものことには興味すらないんでしょう。

ともかく、そんなもろもろを考えて公立への進学は諦めたの。

それで白羽の矢が立ったのが、永仁学園だったわけ。

品川区にあって川崎から通いやすかったし、なにより自由な校風を謳っていて、〝多様性と個性を尊重する〟という触れ込みだったからよ。

態のいい触れ込みなんか信じるもんじゃない、と言う人もいるでしょうけどね。でも外部の人間には、それでしか判断しようがないものねえ。

ともかく道哉は筆記試験と面接に合格して、永仁学園に入学できたの。

学費はそりゃ公立とは違って高かったけど、孫が安心して学校に通えるなら、それが一番でしょう。こういうのはお金の問題じゃないじゃない。

もちろん学校側には、戸籍上は女だとあらかじめ話しておいたわよ。その上で合格したんだから、とくに問題はなかったはず。すくなくとも管理職の先生と、担任は把握してたわ。

名前も入学を機に――もちろん通称だけれど――道哉とあらためた。

わたしの夫が道彦（みちひこ）で、息子が和哉（かずや）だったからね。道哉本人の希望で、一字ずつもらったのよ。道哉にしてみたら、祖父と父のぶんも生きる、って意味をこめたんじゃないかしら。

…………………。

………………。

ああ、ごめんなさい。いやね、年寄りは涙腺まで緩（ゆる）くなって。

それでね、うん。中等部の一、二年までは、問題なかったのよ。

道哉にも男友達ができて、好きな女の子なんかもできたりして。

両想い寸前までいったらしいの。でも本人が尻ごみしちゃって、付き合うところまではいかなかったのよね。

やっぱりほら、体は違うわけだから。バレたら嫌われると思ったんでしょう。深入りはできなかったのね。

道哉が里見瑛介くんと友達になったのは、ええと、二年生の冬よ。

クラスは違ったんだけどね。瑛介くんが部活を辞めて勉強に打ちこむようになったから、図書室でよく顔を合わせるようになったらしいの。それで、親しくなったのよ。

道哉は喜んでたわ。「親友ができた」って。

それまでも親しい男友達はいたけれど、「親友」とまで言ったのははじめてだった。ええ、実際うまが合ったみたいで、すごく仲よくしてた。

瑛介くんが、うちに遊びに来たこともあったのよ。あ、うちって言ってもこのアパートじゃなく、もちろん以前の家ね。

いい子だったわよ。こう、眉がきりっとしてね。昔の時代劇俳優みたいな。肌も浅黒くて、いかにも男っぽい風貌(ふうぼう)——。

いま思えば、そういうところも道哉は嬉しかったのかもね。

道哉は大人っぽい子だったけど、しょせんは中学生ですもの。

あの子は自分を男だと認識し、男友達をほしがっていた。そこへ見るからに男らしい親友ができたんだから、やっぱり嬉しかったでしょうよ。見た目の問題じゃないと、頭でわかっていてもね。

そう、見た目じゃあなく――問題は中身だったんだけれど。

ええ。それから三年になって、道哉と瑛介くんは同じクラスになった。

そこまではよかったのよ。そこまではね……。

その後のことは、わたしにもわからない部分が多いの。

わかっていることは、瑛介くんに好きな女の子がいて、道哉がその恋を応援していたこと。瑛介くんの想い人には残念ながら彼氏がいて、でもその彼氏ぐるみで、うまいこと道哉たちも仲よくなっていったこと――。

その頃の道哉は、輝いてたわ。

友達が増えたって喜んでいた。あの子の口から、仲よしな子たちの名前をしょっちゅう聞かされたものよ。

瑛介。航平。渉太。この三人の名前はほんと、毎日出てきたわね。その次に聞いた名が匠。そして木戸さん。

最後の〝木戸さん〟って子だけが女子でね。この子が瑛介くんの〝好きな女の子〟だったみたい。きれいで、目立つ子だったらしいわ。わたしたち世代で言うところの、マドンナ的存在ってやつ？　男子生徒の憧れの的ね。

……ほんとうに、そこまではよかったのよ。

あの日までは、なにもかもうまくいっていた。いえ、うまくいっていると、わたしは思っていた。

クリスマス目前の、ぐっと冷えこみはじめた頃だったわ。

夜になっても、道哉が学校から帰ってこなかったの。

もちろんスマホは持たせていたから、何度も何度も電話した。でも、出なかった。

警察に電話しようかとも思ったけれど、道哉が大ごとにするのを好まない子だから――体のこともあってね――決心がつかないままに、家でひたすらに待ったわ。

あの子が帰ってきたのは、明け方の四時前。

なにがあったか、一目でわかったわ。

そりゃあわたしだって、女ですから……。あの子がどんな目に遭わされたかは、見れば、すぐにわかった。

あの子、「人目がなくなる時刻まで待って、裏道を通って、誰にも見られないよう帰ってきた」って言うの。

這うようにして、いえ、ほんとうに這いながらね。だって……だって、あの子、まともに歩けないくらいに……。

……………。

…………。

ごめんなさい。ごめんなさいね。泣いたりして。

こんな、いいおばあちゃんが泣いて、みっともないわね。ごめんなさい。

それで――それで、七時になるのを待って、わたしは久隅先生に電話したの。

先生は、飛んできてくれた。あの子を手当てしながら、先生も目を真っ赤にしてたわ。

だってねえ、先生にとっても、あの子はほんのちっちゃい頃から見てきた、孫みたいなものだったから。それがあんな、ひどいことをされて……。

ほんとうに、ひどかったのよ。ひ、人が大事に育てた子に、大事な大事な子に、よくあんな……。よくあんなことができたものだと、わ、わたし……。

…………。

…………。

犯人は、一人じゃないだろうと先生は言ったわ。「複数だろう」と。

でも道哉は「通報はやめて」と言うだけだった。誰にやられたのかも、頑(がん)として言わなかった。

ただ、学校には通えなくなったわ。

久隅先生が重い肺炎だと診断書を書いてくれたから、それを提出して、ひとまず休学させることにしたの。

お見舞い？　ええ、誰も来なかった。道哉が毎日のように話題に出していた、航平くんと渉太くんも来なかった。

それで、おおよそ察しがついたわ。誰だってそうでしょう？　どんなお人好しだってわかるわよ。

それでも、道哉はね、体が癒えたら復学する気でいた。

もちろん永学に戻るんじゃなく、転校が前提ですけどね。公立中学に転校して、生活を立てなおして、高校に進む気でいたの。

その気持ちがくじけたのは、あの事件があった翌々週のこと。

道哉は、自分のスマホを見てた。食い入るように、顔を真っ白にして見てたわ。それからスマホを伏せて、わたしに言った。

もう誰にも会いたくない。二度と外なんて出られない――、って。

そのときもわたしは察したわ。察せてしまった。

だってねえ、そんなの、わたしの時代にもあったことだもの。

乱暴された女が、写真を撮られて、ばらまかれて――。現代はそれが、スマホに変わっただけ。何十年も前から、何千人、何万人という女の身に起こってきたことよ。察しがついて、当然だった。

言いたくないけれど――ありふれた悲劇なのよ。じ、自分の……自分の娘や、孫の身に振りかかったことでなければ、ね。

……それからの道哉は、生きていても死んでるみたいだった。

テレビもスマホも本も見なくなった。モモと、子猫の世話すらしなくなった。

あるとき、あの子、ぽつんと言ったわ。

この体に、ずっと違和感があった。違和感がある体を強姦されても、痛いのが不思議だった。

痛いのがつづいて、ずっとずっとつづいて、いやでもこれが自分の体なんだって、痛みで思い知らされて――それがなによりつらかった、って。

それでね、わたし……。

道哉のスマホを、見たの。

ええ、見るべきじゃないとはわかってた。あの子のためにも、わたしのためにも。

でも見ずにはいられなかった。

この世に、これほどの悪意があるのかと思ったわ。

心を圧搾機にかけられたような気がした。自分の中の希望とか、他人の良識を信じる気持ちだとか、そういったものが全部、めりめりと搾られて、引き裂かれて、干からびてしまったと思った。それくらい……それくらい、ひどかった。

けれど、最悪はそこじゃなかったの。

最悪の、そのまた底があった。

その日は平日で、わたしは仕事に出ていた。せめて——せめて、最初にあれを見たのがわたしだったら、と思ったわ。わたしが先に見つけて、対処できていればと。

でもそうじゃなかった。見つけたのは、道哉だった。

帰ってきたときは、すでに遅かった。

道哉は畳にうつ伏せになっていた。声も出さずに、泣いていたわ。わたしは「どうしたの」って駆け寄った。そこで、なにも言えなくなった。

道哉の背後に、掃き出し窓のガラス越しに、それが見えたから。

最初はね、てるてる坊主かと思ったのよ。季節はずれのてるてる坊主が、裏木戸の門扉に並んでぶら下がっているように見えた。でも、違った。

モモだった。それから、モモが産んだ子猫だった。

針金で首をくくられてね、道哉やわたしに——家の中にいる人間にだけ見えるように、門扉の内側にぶら下げられていた。

モモも子猫も、目を見ひらいてたわ。血があちこちこびりついた、命のない、毛皮のかたまりになっていた。

ねえ、この世には悪意があるのよ。

あれほどの悪意が存在するの。

あなたは知っているでしょう。ええ、知っているわよね。

でも、わたしは知らなかった。知っているつもりでいて、知らなかったの。あの歳になって、あの日のあの瞬間に思い知ったのよ。

道哉が首を吊って死んだのは、その翌日。

通報する前に、わたしは久隅先生を呼んだわ。これ以上道哉の体を、さらしものにしたくなかったから。

検視のときも立ち会ってもらって、体をあらためる作業は、全部先生にやってもらった。

さいわい警察官は、たった一人の孫に先立たれた年寄りに同情的で、駄目だとは言わなかった。

ええ。もちろん女の子の体だと、警察官は知ったわよ。でもただのボーイッシュな少女だと思ってくれたのか。とくになにも言われなかった。

解剖するとも言われずに済んだ。誰が見ても、自殺に間違いなかったからでしょうね。ほっとしたわ。孫の体をもう傷つけたり、人目に触れさせたくなかったもの。

あとはお葬式を出して、道哉を焼き場でお骨にしてもらって、久隅先生が書いた死亡診断書を区役所に提出して——。

それで、終わり。

あっけないものだった。あっけなく終わったわ。

わたしは家族の遺影と位牌を持って、連絡先もすべて変えて、家を売って引っ越した。それが二箇月後のこと。

わたし一人じゃあ、あんな広い家は必要ないものね。それにいろいろと無理したから、蓄えもなかったし……。

いいえ、いいのよ。こうして自分一人で生きていくぶんには、家を売ったお金と年金でなんとかなるから。

あとの心残りは、お墓のことくらい。

え？　ああそう、お墓にされたいやがらせのことも、あなた知ってるの。ほんとに小塚さんは地獄耳ねえ。

信じられないわよね。人さまのお墓にあんな、あんな……。

ど、どこまで苦しめれば、気が済むのかしらね。もう、こんな、年寄り一人しか残っていないっていうのに……。

……ありがとう。

きれいなハンカチ。……ふふ、小塚さん、趣味がよくなったんじゃない？

あらごめんなさい。もうあなた、小塚じゃなかったわよね。わかってるのよ。でも、つい旧姓で呼んじゃう。ええと、いまはなんてお名前だったっけ？

ああそうね、浜さん。

浜真千代さんだったわね。

駄目ねえ、年寄りは何度教えてもらっても、すぐ忘れちゃって……。

4

渉太は浴槽の中で足を伸ばしていた。うつろな目を、ノートパソコンに向けていた。

画面は相変わらず四分割されている。

左上には、片目を失った航平が映っていた。

とはいえ手を使えない渉太と匠に、彼の眼球をくり抜くことはできなかった。潰しただけだ。航平の眼窩から頬にかけて、硝子体というやつだろうか、それとも房水か、ともかく透明な汁がだらだらと垂れつづけていた。

左下には鼻を嚙みちぎられた匠が映っていた。航平に襲いかかり、返り討ちに遭ったせいだった。

色男が台無しだな。渉太は思った。もう匠にナンパはできまい。片耳の大半と、鼻のない男に付いていく女がいるはずもない。

そして渉太自身は、利き手の人差し指を第一関節からと、中指を第二関節から失っていた。やはり航平と争った結果であった。

前歯を一本失っても、航平の顎の力は凄まじかった。渉太の手に食いつき、犬のように首を振って、嚙み千切るまで離さなかった。

画面の左上では、やはり本物ともフェイクとも知れぬ動画が流れつづけている。争う渉太たちの姿に、無慈悲なコメントがかぶさって流れていく。

「まだ生きてんのか」

「人間って丈夫だなー（棒読み）」

「メシがもったいない。餓死させろよ」

「次こそ去勢！　ちんこ食いちぎりデスマッチ開催希望」

「もういーよ。飽きた。殺せ」

「だよなあ。殺せ殺せ。死なきゃつまらん（笑）（笑）」

だが次の瞬間、コメント群がぱっと消えた。

代わって画面の左上に映しだされたのは、一枚の画像だった。やけに鮮明な画像だ。

渉太はぼんやりとモニタを眺めた。

ああそうだ、覚えている。記憶にある。

赤のカラースプレーで女性器マークや性的な罵言を落書きされ、蹴倒されて崩れた墓石。

もちろん覚えている。だってこれは、おれたちが――。

「教えて、もらえますか」

ノートパソコンのスピーカーから、例の〝声〟がした。

「この画像にまつわるお話を、教えていただけますか。最初から、すべて」

最初から――？

渉太は戸惑った。

最初から？　最初からだって？　そんな、どこから話せばいいってんだ。最初からだとしたらええと、あいつと同じクラスになったところからか――。

「おい、さっさとしろ」

〝声〟の口調が尖った。渉太はびくりと身をすくませた。

「黙るんじゃねえ。さっさと話せ。まだ自分の身分がわかってねえのか、この――」

「す、すみません」

渉太は叫んだ。われ知らず、両目から涙が溢れた。

「すみません。ごめんなさい」

これ以上〝声〟を怒らせたらどうなるのか、想像しただけで睾丸が縮んだ。その睾丸もいつまで無事でいられるかと考え、恐怖で心臓がどくどく跳ねた。

「は、話します。話しますから、許してくら、ください」

干からびた舌が、口蓋に貼りついてもつれる。

「あ、あのれ――あのですね。この墓は、同じクラスだった、み、道哉。貝島道哉の――」

渉太は語った。

貝島道哉とは、はい、中等部の三年で同じクラスになったんです。

おれらは「道哉」って呼んでました。紗綾は「みっくん」とか「道哉くん」って呼んでたんじゃないかな。匠だけは「貝島」でした。

理由？　さあ……。でも、匠と道哉って、そういえばちょっと距離がありましたね。道哉はきれいな顔してて女子にモテたから、匠なりに危機感あったんじゃないですか。だって匠の取り得なんて、それだけだし……。自分の存在感がなくなって、内心ヤバいと思ってたのかもしれません。

そう、顔ですよ。

もとはといえば紗綾が、道哉の顔に目を付けたんです。

あいつが道哉を「アイドル顔だ。可愛い」とか言いだして、ＬＩＮＥのＩＤ教えろだの今度遊ぼうだの、道哉にウザ絡みしはじめたのがはじまりですよ。

紗綾ってツラはいいけど、性格悪くてビッチで、マジで救いようのない女でした。

道哉だって、紗綾のことタイプじゃなかったみたいですよ。

ずっとあとになってだけど、「クラスん中で一番好みなのは委員長」ってこっそり教えてくれましたから。

はい、学級委員長のことです。クールっぽくて頭よさそうで、紗綾とは真逆の子でしたね。そうです。そういう内緒話するくらいには、おれたち、親しかったんです。

紗綾に惚(ほ)れてたのは、道哉じゃなく瑛介のほうですよ。

そう、里見瑛介です。

瑛介は道哉を〝親友〟だって言ってましたけどね。ふん、どうかな。紗綾にべたべたされてる道哉を見て、瑛介のやつ、はっきり顔引き攣らせてましたよ。

内心じゃ、道哉のこと「死ね」と思ってたはずです。本人は否定するだろうけど、目がね。目つきでバレバレでした。

そんなふうだったから、航平が面白がって、二人を仲間に入れちまったんです。

はい。頭おかしいでしょ？　自分の彼女といまにも浮気しそうな道哉と、自分の彼女に片想いしてる瑛介。そんなコンビを仲間に引き入れるなんて、どうかしてる。

でも航平って、そういうやつなんです。

人をわざと試すっていうか、なにかっちゃあ相手の忠誠心をテストしたり、態度をころころ変えて相手の反応を見たり。そうやって自分の立ち位置を再確認するんです。そんなことばっかしてましたね。

え？　試し行動？　愛着障害？

そんな言葉があるんですか。愛情不足の幼児が、親に対してやること？

ああ……でもそれ、わかります。航平ってナリばっかでかくて、子どもっぽかったですもん。なんだかんだ言って、ファザコンでしたしね。

そうか、航平は紗綾に甘えて、試してたんだ。馬鹿だなあ。紗綾みたいな母性のかけらもないビッチに、あいつなにを期待してたんだろ……。

おれですか。いやおれは、べつに。

ほんと、道哉のことは全然いやじゃなかったですよ。パシリが増えてくれるならありがたい、くらいに思ってました。航平のわがままを押しつけるやつは、多ければ多いほどよかったんですから。

ていうかね、案外うまくいってたんです。

馴染むまではさすがに、いろいろとアレでしたけどね。でも道哉が案外しっくりきたっていうか、お互いのキャラがわかってからは仲よくなれました。

ほんと、途中まではいい感じだったんです、おれたち。

おれは瑛介より、道哉とのほうが全然仲よかったです。いやマジですよ。マジでうまくやれてました。結果的にあんなことになったってだけで、途中まではいい友達だと思ってましたもん。

こんなこと、いまさらですけど――。おれと航平と匠って、〝一蓮托生の仲間〟ってだけで〝友達〟ではなかったと思うんです。

どうしたって航平が上で、おれと匠はその舎弟っていうか、金魚の糞扱いで。

紗綾なんか、モロにそう扱ってましたもん、おれたちのこと。そういう上下関係があるのって、なんか、〝友達〟じゃあないじゃないですか……。

でもおれ、道哉とは、対等だったんです。

対等に仲よくなったんです。一時期なんて〝親友〟の瑛介より近かったんじゃないかな。

不思議なことに、航平のやつも同じように感じてたみたいですね。あいつはあいつで、対等な友達がほしいと思ってたらしくて。

勝手なもんですよ。おれと匠のこと、あんなあからさまに舎弟扱いしておいて、なにほざいてんだって感じです……。

でもほら、あいつガキでしたから。自分のことなんか棚に上げて、被害者ぶるんですよ。ガキってそういうもんでしょ。

友達ができなかったのは自分のせいなのにさ。でも自覚なかったから、航平も喜んでたんですよ。道哉っていう友達ができて、航平もおれも喜んでた。

だからちょっと、変なバランスではありました。

でもほんと、うまくいってたんです。いや、逆にうまくいきすぎたのかな。

半年くらいは、マジですげえ楽しかったです。おれと道哉だけで、学校サボってチャリで海行ったり。ネカフェの二人部屋で対戦ゲームしたり。

航平は航平で、道哉と二人で遊んでたみたいですね。航平はゲームしないんで、ストリートバスケとかやってたみたいです。道哉は体育はいつも見学だったんで——いまはその理由わかりますけど——１ｏｎ１じゃなくシュート対決だけとか、そんな感じでやってました。ほんとのほんとに、おれたち、男友達としてうまくやってたんです。うまくいきすぎて、おれにとっても航平にとっても、初トモってくらいの仲いい友達になって、だから。

だから、裏切られたって気持ちが、よけい大きかったんだと思います。

バレたきっかけは、紗綾でした。

はい、またあいつです。

紗綾が道哉とヤりたくなったみたいで、家に呼んで、だまして酔いつぶしたらしいんですよ。そんで体をまさぐったら——道哉が、女だとわかったってわけです。

まず怒ったのは、紗綾でした。

「ずっとだまされてた。恥をかかされた」って。

でも紗綾からそれを聞かされた航平は、もっと怒りました。

航平はほら、親父に「おまえオカマか」「将来ホモになる気か」とか怒鳴られて育ちましたから。野球部だって、先輩に「オカマ野郎」って言われたことから揉めて、辞めたんですし。あの手の変態が大嫌いだったんですよ。

同性愛嫌悪(ホモフォビア)? ああ、そうですか。そんな言葉もあるんですね。

男同士の絆を至高とする、ホモソーシャル? そんなやつらほど、女性憎悪(ミソジニー)とホモフォビアをこじらせやすい……?

すみません。よくわかりません。

おれ、あんま頭よくないんで。すみません。

え? ああはい。そうです。おれも、同じように道哉に怒りました。さっきも言ったとおり、裏切られたって思いました。

匠はもともと道哉のことよく思ってなかったから、当然航平の味方です。

けど瑛介のやつは、おれたちよりもっと複雑だったみたいですね。だってもとはといえば、あいつが一番道哉と仲よかったわけじゃないですか。

なのに気づけば、航平やおれのほうが道哉と親しくて。おまけに紗綾も道哉に気があって。

そういうもろもろが積み重なってたとこに、おれたちが「裏切られた、だまされた」って大騒ぎしたもんだから、鬱憤が全部一緒くたに爆発したっていうか――。

はい。〝一緒くたに〟って、これ瑛介本人の言葉です。

あとになってあいつ、ぐちゃぐちゃ文句言いだしたんですよ。「自分は悪くない、のせられただけだ」みたいに、だから進学で瑛介と離れたときは、正直ほっとしましたね。

紗綾ともです。あの二人がいなくなって、せいせいしました。

え、ああはい、道哉の話ですね。

いや、ヤっちゃおうって言いだしたのはおれじゃないです。おれのわけないじゃないですか。おれにそんな、決定権なんかなかったし……。

言いだしっぺは、たぶん紗綾だったんじゃないかな。よく覚えてないけど。

だってそれまでも紗綾が「気に入らねー」って言った後輩とか、紗綾とキャラかぶった同級生とかに、似たようなことしてたんですもん。

無理やり裸にしたり、オナニーの真似させて動画撮ったり、そういうのはしょっちゅうだったんです。だから、その延長っていうか——そのジャンルの、最上級の罰っていうか。

そうです。あれは罰だったんです。

おれたちを裏切った罰。友達ぶって、だまして、コケにしやがった罰ですよ。

道哉のやつ、ずっと男のふりしてやがったんだ。変態野郎が。

いくら男のカッコしたって、結局は女なんだからさ。

それを思い知らせるには、××××ヤっちまうのが一番でしょう。おれたちは、だまされた被害者ですよ。

え？　え——ああ、いや。

そのときはそう思ってた、ってことですよ。いまはもちろん、違います。違いますけど——。

すみません。でもそのときは、本気でそう思ってました。

はい、全員で強姦しました。もちろん瑛介もです。紗綾はそれを、横でずっと撮ってました。

そうですね。そういうこともしました。まあ、頭に来てましたからね。

道哉は立って帰れなかった？　ああそうですか。

でもそれ、紗綾のアイディアですよ。あいつ、ほんと糞ですから。そういう意地悪っていうか、鬼畜なこと考えさせたら天才的でしたね。たまに、こいつちょっと狂ってんじゃないか、って思ったくらいです。ヤバい女でしたよ、マジで。

動画を加工したの？　あ、それはおれです。

全員の顔をモザイクで消して、音声もカットして。そんで航平が、クラスの連絡網から拡散したんです。

でも、なんでかおれらの仕業（しわざ）だってバレましたね。まあ当然か。航平の体つき、ゴツくて特徴ありますもんね……。

道哉のやつは、それっきり登校しませんでした。

ずたぼろになって帰るとこ、誰か目撃したやつがいたみたいで。すぐ、おれたちにリンチされたって噂が立ちました。

いやべつに、否定も肯定もしませんでしたね。

あのあとすぐ道哉は転校したんで、レイプされたのは道哉の彼女だったんじゃないかって噂も流れたらしいです。それも、とくに否定しませんでした。

猫？　ああ、あれは誰のアイディアだったかな……。

まあ全員が、まだ道哉にムカついてましたから。学校来ないで転校したのも、逃げてんじゃねえよって感じでした。一度も謝ってもらってなかったし。

はい。自殺したのは知ってます。

どう思ったかって？　もちろん驚きました。……それ以外？　それ以外は……うーん、昔の話なんで。

もう終わったことですから、あんま覚えてないです。

おれたちですか。学校にバレてから？　いや、とくにお咎めなしでした。

だってべつに警察沙汰になったわけじゃないし。いつものように匠の親が、うまく学校を丸めこんで終わりです。

でも航平は、親父に叱られたみたいですね。

いいえ、そうじゃないです。そうじゃなくて、航平の親父は匠の親が嫌いだったらしくって。借りを増やすのがいやだったんですね。それで、航平をバチボコに殴ったらしいです。

あの墓は、その腹いせでした。航平が「こいつが悪かったのに、なんでおれが親父に殴られなきゃならねえんだ」って、道哉ん家の墓に八つ当たりして。

罰あたりって言われれば、まあそうですよね。

おれだって、さすがにまずいって思いましたよ。でも航平のやつ、言いだしたら聞かないから。

しかも紗綾の馬鹿が、墓の画像をSNSに上げちゃったんです。二十四時間で消えるフリートでしたけど、でも保存しようと思えば、当然誰だってできるじゃないですか。

そこからまわりが、急にばたばたっと動きましたね。

気づいたら、高等部に上がってすぐ留学するようお膳立てされてました。

はい。これも匠の親が主導で動いたみたいです。

留学の金も、あいつん家がだいぶ出したんですよ。イメージ重視の企業だから、ヤバい噂が広まる前に対処したかったんじゃないかな。

あのままほっといたら、航平はもっとエスカレートしたでしょうし。留学でクールダウンさせたかったんでしょうね。

マジでおれなんて、いいとばっちりでしたよ。留学なんかしたくなかったんです。でもおれ一人日本に残したら、なにを言いふらすかわからないって言われて。

あとは航平のお守り役も必要だったんじゃないですか？　きっと紗綾と匠だけじゃ、不安だったんですよ。瑛介なんて役立たずだし。

いいえ、全然楽しくなかったです。英語しゃべれないし、アジア人差別みたいなのもあったし。早く帰りたかったですね。ほんと、糞でしたよ。

一応日本人同士のコミュニティもあったけど、おれらは参加しないで、おれらだけで固まってました。英語ができるからって、ウエメセでもの言うやつらばっかで、ムカついたし。

そういえば、大学ではじめて輪姦したのも帰国子女でしたね。

航平が「あの女、おれたちを見下してやがる。ムカつく」って言いだして。そんときおれらはまだ一年で、サークルはただのヤリサーって感じでしたけど……。

はい、航平のあの一言がきっかけでした。

がらっとそこから変わって、ただのヤリサーから、輪姦しサークルに舵を切ったって感じです。

当時の部長たちも、ノリノリでした。

だって、やっぱヤリサーとかナンパサーだと、はずれもあって効率悪いじゃないですか。でも最初からヤるつもりで、そのために全員で分業して動けんなら、まず間違いなくヤれるでしょ。

誰かが言ってたけど、早稲田のスーパーフリー事件。あれの裁判で、検事だか裁判官だかがサークルを〝高度に組織化された輪姦集団〟って呼んだらしいですね。うちの『FESTA』も、そんなふうになっていったと思います。

いや、べつにそんな、どうしてもヤりたいってほど飢えてはなかったんですよ。おれなんて、参加せずに撮るだけのことも多かったし。みんなもそうです。

ただ、ヤらなきゃ損、みたいな感じになってました。

連れこむ場所があって、酔いつぶすマニュアルもあって、タダマンできんだから、せっかくだしヤっとこう、みたいな。ヤらないって選択肢はなかったです。

そんな感じだから、どんどんエスカレートしていきましたね。

性欲とかじゃなくて、なんか、みんなで繋がってるってことが気持ちよかったから。なんていうか、女は盛りあがるための道具みたいなもんでした。

その道具を使って「おれってこんなヤバいことやれちゃうぜ!」「おれなんてもっとヤバいぜ!」みたいに、張り合うのが楽しかったっていうか。

輪姦そのものはね、そんなにヨくなかったです。思えば、最初のあれが一番でした。――え、どれが最初かって？

道哉んときです。

そういえば、あれを越える興奮って一回もなかったですね。あれをまた味わいたくて、ずっとやってたようなもんだったのかな。はい。そんな気もします。

……あの、もういいですか。

これで全部です。道哉のことは、全部話しました。もういいですか。

いいなら、薬をください。

痛いんです。痛んできたんです。水。水も、ほしいです。

「――ろうか、お願いひます」

渉太は懇願した。

垂れ流しの己の糞尿が、ぷんと鼻を突く。だが汚らしい、臭いと感じる段階はとうに過ぎていた。いま考えられるのは、水と鎮痛剤のことだけだった。

化膿（かのう）止めの抗生剤については、とうに頭から飛んでいた。欲しいのはただ、この渇きと痛みを止めるすべだった。

「お願いひます。……お願い、ひます。い、痛み止めがなかったら、完全に切れたら、おれ、おれはもう――」

――死にます。

きっと、痛みでショック死すると思います。

そう言いかけ、渉太は言葉を呑んだ。

自分の〝死〟について口にする度胸はなかった。だからただ呻いて、首を垂れた。もはや頬を濡らす涙さえ湧かなかった。渉太の訴えに応える声も、またなかった。

浴室には、ノートパソコンから響く彼ら三人の声だけが満ちていた。

航平の片目を奪ったときの録画だ。眼球の片方を奪うべく争う小声、荒い息遣い、床板の軋(きし)む音が、狭い浴室に反響した。その音が、唐突にぶつりと切れた。

渉太は首をもたげた。

ノートパソコンの画面が、真っ黒になっている。

息づまるような静寂が落ちた。

なぜかその瞬間、渉太は悟った。ああ、やはりあの動画サイトはフェイクだったのだ――、と。

動画は投稿などされていない。あのどす黒い嘲笑も罵倒の群れも、すべて作りものだったのだ。そう肌の感覚で察した。

だが同時に「だからなんだ」とも思った。

自分を取りまく環境が変わったわけではない。それどころか自分を苦しめ、揶揄し、嘲笑うためにあれほどの手間をかける〝悪意〟が、すぐそばにあるとあらためて実感しただけだった。

恐ろしかった。鳥肌が立つほどの恐怖だった。

なぜこうなったのだろう、と思った。おれは、おれたちはどこから間違えたのだろう。頭の中で、かつての担任教師がしゃべりつづけている。

――それほどに特別な盟友だったんでしょう。

――特別な盟友だったんでしょう。

――特別な。

冷えた静寂を切り裂くように、

「なあ」

〝声〟が言った。

「なあ。――ナカジマリノのこと、覚えているか？」

しばし、渉太は反応できなかった。

彼は何度か〝声〟の言葉を反芻し、ようやく理解した。しかし「ナカジマリノ」という響きに心あたりはなかった。ただの記号に聞こえた。

「おまえらに輪姦されたうちの、一人だよ」

〝声〟が言う。

「彼女は退学して、実家に戻って、いまや一歩も外に出られない。法学部だった。将来は、司法書士になるのが夢だった。おまえらのサークルのメンバーじゃあなかった。仲のいい友達に『一緒に来て』と懇願され、この借家での合宿に付いてこさせられて——被害に遭った」

そうか、と渉太は思った。

しかしそれ以上の感慨は、やはりなかった。そうか、と思っただけだった。

〝声〟が繰りかえす。

「ナカジマリノだ。覚えていないか？」

「す、」

渉太は喉から声を押しだした。

「すみま、……せん」

ナカジマリノとやらが、〝声〟とどんな関係なのかは知らない。娘か。それとも妹か姉か、恋人か。だが身内なのだろうとは、さすがに察した。謝る以外、なにも思いつかなかった。

「では、ヒラオカミユは？」

〝声〟がつづける。

「サカイアスカはどうだ？　ミタナナミは？　スズキマホは？　マツウラサエは？　タナカセイナは？　オオトモユイは？　キノシタミクは？」

「すみません。ごめ……、ごめんなさい……」

渉太は謝った。謝りつづけた。

ほかの言葉はなにひとつ浮かばない。〝声〟があげる名前の中にも、思いだせる顔はひとつもなかった。ただ謝罪だけを繰りかえした。

「ハシダハルカは？」

「わか、わかり、ません」

「ハシダハルカさんは、去年の秋に自殺した。三度自殺をはかって、三度目で救急搬送の甲斐なく亡くなった。わかるか。おまえらが、殺したんだ」

「すみません。……す、すみません」

「みんな、ずっと復讐したかった」

〝声〟の口調は静かだった。

「だが、どうしていいかわからなかった。これからの家族の人生を思えば、不用意に復讐はできない。表沙汰にするのもためらわれた。とはいえ、おまえらを野放しにもしたくなかった」

〝声〟はつづけた。

ハシダハルカの遺族は、彼女の死後もSNSアカウントを消すに消せず、一年以上放置していたと。そのアカウントに、ある人からコンタクトがあった。それを機に、遺族や被害者家族がごく自然に集まったのだ、と。

「みんな、きっかけがほしかっただけなんだ」

〝声〟の口調は、奇妙に澄んでいた。

「条件はある程度揃っていた。動機があり、金もあった。足りないものは人員、手段と方法、罪に問われないという保証。そしてなにより、暴力に慣れていることだった。……ある人は、そのすべてを持っていた。すべてのノウハウをおれたちにくれた。集まった中には余命わずかな人もいた。覚悟の上で、志願してくれた」

〝声〟はつづけた。

「おまえらは言ったな」

輪姦のお膳立てが揃っていれば、やらないという選択肢はなかったと。おれたちも同じだ。

動機があり、条件と人員とノウハウが揃えば、もはや復讐しないという選択肢はなかった――。

「なにか、言い残したことはあるか」

〝声〟がうながした。

渉太はしばし、黙っていた。

ぶつけたい言葉がないわけではなかった。だが、なにから言っていいかわからなかった。

彼は、指が四本失われた己の足を眺めた。青ざめてまだらになった、己の腿を見つめた。

腿の上には無数の虫が這っていた。振り落とす気力は、もはやなかった。下半身は数日ぶんの糞尿で汚れ、悪臭をはなち、蠅にたかられていた。

「――子ども部屋に、いれば、よかっら、です」

渉太は呻いた。

「ほんろうは、ずっとロニーと一緒に、子ども部屋にいらかった。か、母さんが悪いんれす。ぜんぶ、母さんのせいれす。……母さんがロニーをゴミ箱に捨てて、お、おれを、子ども部屋から引っぱりらしたから。らから――」

さきほど〝声〟が告げた名前が、脳内に反響する。

ナカジマリノ。ヒラオカミユ。サカイアスカ。

ミタナナミ。スズキマホ。マツウラサエ。タナカセイナ。オオトモユイ。キノシタミク。ハシダハルカ。

全員、渉太たちが輪姦した女子学生の名に違いなかった。そしてこの十人全員の家族が、この計画に加担したのだろうことも確信できた。

しかしやはり、なにひとつ思いだせなかった。目鼻立ちはおろか、彼女たちの輪郭すら浮かんでこない。渉太にとっては、どの名も記号に過ぎなかった。

そのとき、脳の片隅でなにかが閃いた。

なにも考えず、渉太はその問いを口にした。

「で、結局――ミキさんって、誰だったんれすか？」

5

【長野山中、男性の遺体を発見】

20日朝、長野市若狭郡志手の山中で男性が死亡しているのが見つかった。

男性は所持品などから、同地区の『民宿まつばら』に宿泊していた里見瑛介さん（21）と判明した。

長野県警によれば、発見されたのは『民宿まつばら』から約6・3キロの距離。里見さんは19日の朝「出かけてくる」と同民宿の従業員に伝えて外出したまま、行方がわからなくなっていた。

現場付近に残されていた里見さんの遺書の内容から、県警は12日に東京で発生した『青梅九ヶ谷林道女子大生殺害・死体遺棄事件』に里見さんが関与した疑いがあるとみて、経緯を調べている。

――東栄新聞

【乗用車が転落炎上、神奈川】

21日午前3時ごろ、神奈川県厚木市の自動車専用道路を走行していた乗用車がガードレールを突き破り、約40メートル下の県道に転落して炎上した。車内からは運転手を含む3人の遺体が見つかった。

ナンバープレートの情報から、乗用車は東京在住の大学生のものと判明した。現場は片側2車線の左カーブ。後続車が転落を目撃し、110番通報した。

警察では身元の特定を進めるとともに、事故発生の経緯を詳しく調べている。

——大政日報

6

『青梅九ヶ谷林道女子大生殺害・死体遺棄事件捜査本部』に、里見瑛介の死を伝える一報が入ったのは二十日の午前十一時であった。

連絡をくれたのは、長野県警の捜査共助課である。

「遺書の内容からして、そちらの事件に関係があると思われます」

と捜査共助課員は告げ、遺書の内容をスキャンしたデータを送ってくれた。

長野県警によれば、里見瑛介は「山中の崖から身投げした可能性が高い」とのことであった。

遺体は損傷がひどかった。約三十メートル下の沢で絶命するまでに、彼は岩壁に十回近く激突し、滑落したらしい。

しかし目鼻の判別すら付かないほどの損傷ではなかった。

『民宿まつばら』の従業員がまず確認し、その後山中から所持品と署名入りの遺書が見つかったことから、遺体は瑛介本人と断定された。

また遺書の内容は、

「木戸紗綾がよりを戻してくれなかったので、かっとなって殺した。この一週間考えたが、やはり警察から逃げきれるとは思えない。紗綾にはすまないことをした。死んで詫びたい」

といったものであった。

遺書は瑛介持参のノートパソコンで打たれ、民宿のＦＡＸ兼プリンタで出力してあった。ノートパソコンおよびＵＳＢメモリの中にデータが残っていた。

そして、翌二十一日の早朝のことだ。

捜査本部にさらなる訃報が入った。

阿久津匠が所有するアウディが、大阪から東京へ帰る途中にガードレールから転落して炎上した、との報せであった。

車の残骸からは三人ぶんの遺体が発見された。

ガソリンに引火しただけあって、炎は高温だったようだ。遺体はどれも三分の二ほどに縮こまり、四肢の先端が焼失していた。かろうじて焼け残った後方のナンバープレートがなければ、判別までに数日を要したに違いない。

ＤＮＡ型鑑定が可能な遺体は一体のみであった。

鑑定の結果、遺体は乾渉太だと証明された。

また、クラウドに残るカーナビのデータが功を奏した。アウディの走行経路は、瀬尾たちのSNSアカウントの動向と一致していた。また生前の彼らが、煽り運転や速度違反の常習犯であったことも確認できた。

「スピードの出しすぎで、カーブを曲がりきれなかったんでしょう」

と神奈川県警の警察官は言った。

以上の事実をもって、炭化した三遺体は阿久津匠、瀬尾航平、乾渉太であると断定された。

捜査本部の解散が告げられたのは、二十一日の夜であった。

事後処理には、青梅署の刑事課があたると決まった。

捜査本部が立ちあがって九日目のスピード解決だ。しかし捜査員の大半は、ぽかんとしていた。降って湧いたような解決であった。

「合田係長」

高比良は、主任官をつとめていた合田を呼びとめた。

「納得できませんよ、こんな……不自然すぎます。捜査線上に浮かんだ関係者が、これほどいっせいに死ぬなんてあり得ますか」

「わかってる」

苦りきった顔で合田は応じた。

「おれだって、気持ちはおまえと同じだ。だが捜本の解散は、最終責任者である本部長が決めたことだ」

「ですが……」

高比良は食いさがろうとした。

まだ調べたいこと、知りたいことが山ほどあった。

彼の見立てでは、立石繭の旅行と里見瑛介のフィールドワークが重なったのは偶然だ。その偶然を利用し、誰かが青写真を描いたとしか思えなかった。

木戸紗綾は高校時代、目立った問題を起こしていない。しかし彼女の性根(しょうね)が変わったとは考えづらかった。陰でなにをしていたのかを、高比良は掘り下げたかった。

また里見瑛介の遺書は手書きではなかった。民宿の客および従業員ならば、仕込むことは可能だったはずだ。彼らをもっと調べる必要があった。

瀬尾航平たちの旅行の裏も取りたかった。なぜ彼らが繭と里見と同時期に、大阪へ旅行することになったのか。そこに作為(さくい)はなかったのか。あの転落事故は、ほんとうに偶発的な事故だったのか。

——もしあの事故が、仕組まれたものだったとしたら？

――ブレーキに細工か？　だが誰が？　どうやって？

――そもそも乾渉太以外の二体は、ほんとうに阿久津匠と瀬尾航平なのか？

待て、と高比良の理性が叫ぶ。待て、そんな仮説はあり得ない。

仮に阿久津匠と瀬尾航平が、あのアウディに乗っていなかったとしよう。ならば本物はどこにいるのだ？

運転していたのは誰だ？　すくなくとも運転席の遺体は別人だったことになる。偽装（ぎそう）？隠蔽（いんぺい）？　だがいったいどんな人間が、あれほど無造作な死を演出できる？　後部座席に二人、もしくは二死体を積んだ上で、みずからガードレールを突き破って飛び出す者を、どこから調達してこられる？

指定暴力団や半グレならば、あるいはとも思う。

だが今回の一連の死には、マルB案件に不可欠な金の臭いがしなかった。臭うのは、まじりけない純粋な暴力ばかりだ。

――貝島道哉はなぜ死んだ？　あの墓石へのいやがらせの意味は？

――輪姦された少女は、誰だったのだ？

だが高比良が言葉を継ぐ前に、合田はかぶりを振った。

「再捜査は無理だ」と。

「捜査線上に浮かんだ容疑者の一人が、遺書を置いて死んだんだ。これをもってして解決だと本部長が判断するなら、一介の警部でしかないおれに覆せるもんじゃない。おまえだってわかっているだろう。……無理だ」

「…………」

高比良は唇を噛んだ。返す言葉がなかった。

合田が彼の肩に手を置く。ずっしりと肉厚で、あたたかい手だ。だがいまはその体温すら、高比良の胸を重く沈ませた。

「係長……」

「高比良」

合田がさえぎった。

「それ以上は、言うな。やめておけ」

その夜、高比良は浦杉克嗣に電話をかけた。『青梅九ヶ谷林道女子大生殺害・死体遺棄事件』が解決した、と報せるための電話であった。

「おめでとう」

浦杉が乾いた声で言った。

「事件発生から、十日を待たずの解決は上々だ。おめでとう」

「皮肉ですか」

「よせよ。……そうでないことくらい、わかっているだろう」

「でも、皮肉に聞こえますよ」

高比良は言った。

おれらしくない、との自覚はあった。こんなふうに辞めていった警察官に絡み、愚痴るなんておよそおれらしくない。

だが、そうせずにはいられなかった。

「おれたちは、あくまで地域を守るための公務員です。法にのっとって動く番犬です。正義の味方気取りで、自分の考えに固執するなんて間違っている。もちろんそう、頭では理解しています。それでも……」

——理解していても、やりきれないときがある。

この解決で守られたのは、誰の、どんな正義だったのか。

こんなふうに不透明なときは、自分がなにを守っているのか、なんのために動いているのかわからなくなってしまう。

「浦杉さん」

「なんだ」

「――浜真千代の仕業だと、まだ、思いますか」

答えは待たず、高比良は問いを継いだ。

「今回の事件は発端から解決にいたるまで、いままでの浜真千代の手口とは大きく異なります。……それでもあなたは、意見を変えませんか？」

「変えないね」即答だった。

浦杉はつづけた。

「だがおれは、もう社会の番犬ですらない。なにもできん。……とはいえ、おれの意見を聞いてくれて嬉しかった。ありがとうよ、高比良くん」

＊

寺町と呼ばれる通りの端に、貝島家の菩提寺（ぼだいじ）は建っていた。

やけに真新しい寺院の横を抜け、二人で玉砂利を踏んで進んでいく。

空はいまだ薄墨いろの雨雲に覆われていた。しかし東の方角では雲が切れて、細い陽光が射しこんでいる。

ていた。

泰子は左肘に、線香と蠟燭、マッチの入った手提げ袋を掛けていた。利き手には杖を握っている。

いまどきの七十代にしては、泰子はかなり老けこんでいた。痩せさらばえ、腰が曲がっている。知らぬ者が見れば八十代なかばと映るだろう。

その斜め後ろを歩く真千代は、墓前に捧げる花を二束抱えていた。

目当ての墓石は、高い樫の木の下にあった。

角がやや欠けてはいるものの、きちんと積みなおされ、スプレーの卑猥な落書きも消されている。泰子が毎日通い、二箇月以上かけて丁寧に拭き清めた墓石だった。

蠟燭をともす。その火で線香を焚き、香炉へ寝かせる。白檀の香りが漂った。

泰子が膝を折って掌を合わせた。

その横顔に、真千代がぽつりと言う。

「……貝島のおばさんは、やっぱり、わたしの母によく似てる」

「またそれ？」

泰子が目を開けて笑った。

「あなた、その言葉を言うの、今日二回目よ」

泰子は横浜少年鑑別所の厨房で長らく働いていた。真千代と知り合ったのは約四十年前、その鑑別所でだ。

当時の真千代はまだ十代で、収容者の不良少女だった。たった十日間の観護措置にもかかわらず、彼女は泰子の記憶に強烈に焼きついた。

「あなた、はじめて会ったときも言ってくれたわよね。『お母さんに似てる』って。お世辞でも悪い気しないわ。ふふ」

しかし真千代は笑いかえさなかった。

「わたしって、いつもそうなんです」

真顔のまま、彼女はつづけた。

「母に似た人に弱いの。また不思議と、母似の女性っていい人ばかりなんですよね」

貝島家の墓を見つめたまま、真千代は言った。

「――わたしの母も、ずっと昔に、首を吊りました」

涼しい風が流れた。

湿った土の匂いをはらみ、二の腕をわずかに粟立たせる風だった。

短い沈黙ののち、泰子が立ちあがって問うた。

「浜さん。あなた、お仕事はなにをしていたんだっけ？」

「お仕事……。うん、仕事はね」

口の端で、真千代は苦笑する。

「ずっと、過去の自分を殺していました」

天候の話でもするような口調だった。

「昔の弱い自分を――虫けら同然だった自分を、消してしまいたかったから。他人を使って過去の自分を殺すことで、世界に復讐していた。でも過去の自分を救うことも、やっと考えられるようになりました」

蠟燭の火が風に揺れ、消えた。

「女と子どもは今後ターゲットにしない、と決めたつもりでした。なのに、こんな早々に取り決めを破っちゃった。……しかたがないことですね。ある程度は微調整していかないと、なにごとも長つづきしないから」

「あなたの言うこと、いつもよくわからないわ」

泰子は首をかしげた。

「昔からあなたは、賢すぎたもの。そのくせ頭が悪いふりをしていたわよね。あれは、目立つのが嫌いだったから？」

真千代は答えなかった。無言でただ微笑みかえし、代わりに問うた。

「モモとミキのお墓は、どこにあるんですか？」

「え？　ああ、あの子たちのお墓もここよ」

泰子は納骨室を指した。

「お骨をいくつか、道哉の骨壺に一緒に入れたの。……道哉は、いやとは言わないでしょう。天国で、きっと仲よくやっているわ」

ミキは、モモが産んだ子猫だった。

そして〝未希〟は、道哉が生まれたときから十二歳まで使った名だ。

道哉はその名を、生まれたばかりの子猫にみずから進呈したのだった。彼なりの、精いっぱいの愛情表現として。

あと一週間解決が延びていれば、『青梅九ヶ谷林道女子大生殺害・死体遺棄事件』の捜査本部は神奈川県警に協力を仰ぎ、川崎署にも問い合わせていただろう。そして道哉の戸籍名が、貝島未希であることも突き止めていたはずだ。

真千代はバッグを手で探った。

ぶ厚く膨れた香典袋を取りだす。

「おばさん、これ。遅れてごめんね」

「ええ？　そんな、いいのに」

首を振る泰子の胸へ、真千代は袋を強引に押しつけた。

「受けとってほしいの。お金以外も入っているから」

「お金以外？」

「そう」

真千代は無造作に水引を剝がし、香典袋の中身を取りだした。帯付きの一万円札が百枚。そして新聞記事の切り抜きが三枚だった。

一枚目は、十三日の東栄新聞の朝刊である。

見出しは【青梅九ヶ谷林道で、女性の他殺体】。

二枚目は同じく東栄新聞の朝刊で、日付は二十一日。見出しは【長野山中、男性の遺体を発見】。

そして最後は大政日報の二十一日の夕刊。【乗用車が転落炎上、神奈川】とあった。

真千代は身をかがめた。

そして低く、泰子の耳にささやいた。

しばし、泰子はその場から動けなかった。

真千代がきびすを返し、玉砂利を踏んで遠ざかり、菩提寺の四脚門をくぐって出たそのときも、やはり墓石の前に立ちつくしていた。

泰子はやがて、笑いだした。

痩せさらばえた体を揺らし、杖にすがりながら笑った。

くっくっと、こらえきれぬ笑いが喉を衝く。それは快哉の笑いだった。同時に鎮魂の笑いでもあった。真千代の言葉が、まだ彼女の耳奥に響いていた。

真千代はこうささやいて、去ったのだ。

——ミキのかたきだ。

と。

三たびの風が吹き過ぎる。

泰子の笑い声は、いつしか嗚咽に変わっていた。削げて皺ばんだ頬を、いくすじもの熱い涙がつたたって落ちた。

引用・参考文献

『ドリーム・キャンパス　スーパーフリーの「帝国」』小野登志郎　太田出版
『痴漢外来――性犯罪と闘う科学』原田隆之　ちくま新書
『性犯罪者の頭の中』鈴木伸元　幻冬舎新書
『セックス依存症』斉藤章佳　幻冬舎新書
『レイプ・男からの発言』ティモシー・ベイネケ著　鈴木晶・幾島幸子訳　ちくま文庫
『捜査官のための実践的心理学講座　捜査心理ファイル～犯罪捜査と心理学のかけ橋～』渡辺昭一編　渡邉和美・鈴木護・宮寺貴之・横田賀英子　東京法令出版
『16の殺人ファイル』ヒュー・ミラー著　加藤洋子訳　新潮文庫
『犯罪ハンドブック』福島章編　新書館
『犯罪被害者　いま人権を考える』河原理子　平凡社新書

この作品は書き下ろしです。原稿枚数480枚（400字詰め）。

幻冬舎文庫

●最新刊
コンサバター
失われた安土桃山の秘宝
一色さゆり

狩野永徳の落款が記された屏風「四季花鳥図」。だが約四百年前に描かれたその逸品は、一部が完全に欠落していた。これは本当に永徳の筆によるものなのか。かつてない、美術×歴史ミステリー！

●最新刊
祝祭と予感
恩田　陸

大ベストセラー『蜜蜂と遠雷』のスピンオフ短編小説集。幼い塵と巨匠ホフマンの永遠のような出会い「伝説と予感」ほか全6編。最終ページから読む特別オマケ音楽エッセイ集「響きと灯り」付き。

●最新刊
短篇集 こばなしけんたろう 改訂版
小林賢太郎

「僕と僕との往復書簡」「短いこばなし」「二人の銀座 コレクション」「百文字こばなし」「ぬけぬけと嘘かるた」「覚えてはいけない国語」ほか、小林賢太郎の創作・全26篇。(文庫改訂版)

●最新刊
やめるな外科医
泣くな研修医4
中山祐次郎

雨野隆治は医者六年目、少しずつ仕事に自信もついてきた。ある夜、難しい手術を終え後輩と飲んでいると、病院から緊急連絡が……。現役外科医が生と死の現場をリアルに描くシリーズ第四弾。

●最新刊
メガバンク起死回生
専務・二瓶正平
波多野　聖

役員初の育休を取得していた二瓶正平。ある日、専務への昇格と融資責任者への大抜擢を告げられる。嫌な予感は当たり、破綻寸前の帝都グループの整理をするハメに……。人気シリーズ第五弾。

残酷依存症

櫛木理宇

令和4年4月10日　初版発行
令和6年6月25日　4版発行

発行人――石原正康
編集人――高部真人
発行所――株式会社幻冬舎
〒151-0051東京都渋谷区千駄ヶ谷4-9-7
電話　03(5411)6222(営業)
　　　03(5411)6211(編集)
公式HP　https://www.gentosha.co.jp/
印刷・製本―中央精版印刷株式会社
装丁者――高橋雅之

幻冬舎文庫

ISBN978-4-344-43184-3　C0193　く-18-6